武林心術

用劍和血交織而成的江湖，
李浩白新懸念武俠小說集

李浩白 著

她終究還是自絕心脈而死，
只因她根本無法說服自己與他這樣一個騙了自己、
騙了父親、騙了整個武林的人一起生活下去。

他悲嘯一聲，神情似月光下仰天長嗥的狼一般淒厲。

目錄

《武林心術》——李浩白新懸念武俠小說集

一、《黑白訣》

溫白宇本是武林第一正道門派「天道盟」盟主蕭長風的女婿，也是「天道盟」未來的接班人。結果有一天，武林第一邪派「驚龍幫」的副幫主丁千秋卻潛來向他告知：他是「驚龍幫」幫主獨孤穹的私生子，當年是作為臥底潛入「天道盟」的。在權力和身分認同的面前，溫白宇終於做出了所有人都意料不到的選擇……

二、《玉人劍》

「山海幫」副幫主岳風為拿到「玉女門」的「玉人劍」心法，透過艱難付出得到了「玉女門」少門主白小憐的真心，並在白小憐的幫助下練成了「玉人劍」。然而，當他學成歸來並打敗本幫勁敵司馬長雲時，這才發現自己落入了更大的一個「陷阱」裡……

三、《蠱人》

「冥山派」弟子林飛為報殺師之仇，千方百計除掉了楚天南、楊子雄、元空大師等一批武林名宿。可是，當他殺到最後一刻才查到自己真正的殺師仇人，竟然是他最不敢懷疑的大師兄……

四、《仰天長嘯》

京中第一神探丁旭在一家小酒店中堵截住了「南嶺雙怪」，正欲擒拿他倆歸案。店門外突然來了刑部的「六合神捕」，卻一直在外引而不發。丁旭一路追查下去，漸漸發現這一切居然和朝廷暗害「岳家軍」有關……

五、《末日危夢》

世紀末大預言四處流行，恐怖之神希漠即將降世。人類先鋒戰士明樹為了阻止這一噩夢發生，與各種邪惡勢力進行了殊死鬥爭，終於在最後一刻埋葬了恐怖大預言……

黑白訣

一、內奸

高牧感到很冷。

雖然房間裡那幾個獸頭大暖爐正發出熾紅的火光，整個房間在外人感覺上都是溫暖如春。但他還是感到一陣發自內心深處的寒冷。

帶給他寒冷感覺的，是面前這個外表顯得十分俊秀文弱的青年公子。他只是在輕輕撫弄著手中寶劍上的金絲劍穗，神情恬淡而優雅，像極了一個正在磨墨吮筆的詩人。

高牧卻知道他並不是詩人，他是「天道盟」的新任刑堂堂主溫白宇，同時也是江湖中聲名鵲起的「靈劍公子」。

更令他感到刺骨寒冷的是溫白宇的話。他剛才對他說：「高堂主，你不必再負隅頑抗了。你的『朱雀堂』所有弟子，已全被我『天道盟』消滅。而你，也不要以為憑著自己的『大天雷掌』便能在今夜突出重圍——我們已經知道你的『罩門』在哪裡了！」

最後這一句話讓高牧背心滲出了一層密密的冷汗。但他不願束手就擒，萬一這是溫白宇的虛張聲勢呢？於是，他的內心在經過一陣極大的動搖之後，還是決定賭一把！

心念一定，高牧腳下暗一運勁，猛力一踩，「呼啦啦」一陣巨響，地上的大理石地板猝然崩碎開來，一塊塊憑空震飛而起，疾旋如飛輪，直向溫白宇迎面撞到！

同時，高牧雙掌箕張往前一揚，「大天雷掌」急施而出！只聽「轟隆隆」一陣滾雷的爆響，一團團雄渾已極的氣勁暴轟而出，威力竟似烈性炸藥般猛烈懾人！

剎那之間，溫白宇劍已出鞘！卻見他劍光如龍，凌空旋舞，那飛撞而來的大理石塊已是紛紛粉碎，掉落一地！

而那一團團炸雷般的雄渾氣勁已四面疾撞過來，挾毀金碎石之威，鋒不可攖！

「砰砰砰」半空裡一陣震耳的炸響，只見得布屑紛飛，劍震如鳴，想是那溫白宇在這「大天雷掌」氣勁猛攻下已然受傷？

高牧臉上浮起了一絲陰冷的微笑。抓住這稍縱即逝的機會，他雙掌一翻，「大天雷掌」又是直轟而出！

突然之間，半空裡風雷交加之中，一道凜凜寒電暴射而下，在高牧眼前一閃，便似刀割般令他雙眸一陣刺痛，一時睜不開眼！

他大叫一聲：「不好」，正集風旋雷夾擊這道「寒電」之時，一切都已經晚了！「嚓」的一聲，溫白宇那一脈秋水似的寶劍已迅速絕倫地從他前胸刺入，亮亮的劍尖在他後心穿出！

「你……你……」高牧大睜著眼，卻說不出話來。

「我已說過，我們已經知道了你的『罩門』在哪裡，你居然還用『大天雷掌』來對付我們？」溫白宇正視著他，一臉的平靜。雖然他身上的衣衫已被「大天雷掌」雄渾霸道的氣勁震得片片碎散，但他最終還是勝利了。

這一戰，「天道盟」大勝，「驚龍幫」慘敗。

在「天道盟」舉行的慶功宴上，溫白宇攜著他的妻子蕭芙前來給葉沉舸敬酒：「這一次我們能消滅『驚龍幫』的『朱雀堂』，首先應該感謝葉師叔及時送來了可靠情報。」

葉沉舸是「天道盟」的副盟主。他將酒杯握在手上，並不馬上啜飲，卻緩緩說道：

「溫公子所言甚是。在任何一場戰鬥中，如果沒有可靠的情報來源，即使對方並不那麼強大，我們也是沒有絕對的把握取勝的。」

「看來，葉師叔所掌握的情報來源已深入到『驚龍幫』的腹心之中了！難怪我岳父常稱葉師叔是我們『天道盟』的『指南車』，有了您給的情報，我們就會始終立於常勝之地！」溫白宇悠悠一笑。但蕭芙卻發現丈夫在微笑的時候，眉頭卻不自覺地輕輕一皺。難道丈夫對葉師叔立下此次奇功有所不悅嗎？蕭芙沉思起來，溫白宇一向自負以披堅執銳果敢善戰而揚名立功，莫非對葉師叔以情報而巧取奇勝有些不服嗎？看來自己得多花點兒時間開導開導他才是。

葉沉舸卻沒有注意到溫白宇神情之間的細微變化，而是若有所思地說道：「沒有潛伏在『驚龍幫』裡當『內線』的弟兄們的幫助，我怎當得了『天道盟』的『指南車』？我們大家永遠都不能忘記那些在我們看不到的地方孤身苦戰的弟兄們啊！他們的功勞才是最大的！這頭一杯慶功酒，應該敬給他們！」

說著，在朦朧的淚光中，葉沉舸將杯中的酒瀝灑在地上以示遙祝。

唐青入幫這麼久，從來沒有看到幫主獨孤穹像今天這樣震怒過。他的震怒，雖稱不上驚天動地，卻令幫中每一個人感到驚心動魄。

「朱雀堂就這樣被『天道盟』滅了？」

聽完「知秋堂」堂主丁千秋的報告，獨孤穹雙目頓時寒光四射，凌厲無比的眼神如利刀般剜過眾人的面龐，令每一個人都止不住從心底泛起了一絲寒意。

「他們怎麼會把『朱雀堂』一下就滅了？他們怎麼會把高牧的『大天雷掌』一下就破了？而且堂裡一個人都沒有活著逃回來？」

面對獨孤盟主的厲聲叱問，負責情報聯繫工作的「知秋堂」堂主丁千秋慢慢垂下了頭，低低的說道：「也許這只能證明一個事情……」

「什麼事情？」獨孤穹冷冷追問。

「我們『驚龍幫』裡有『天道盟』派來的內奸！是他出賣了『朱雀堂』的弟兄們！」

此語一出，在場諸人無不為之動容。

獨孤穹臉上的暴怒之情一下收斂無餘，代之而來的是一臉岩石般的冷靜沉著。唐青站在丁千秋身側，對這一切看得分明，心裡感嘆：獨孤穹不愧是武林中一方霸主，當真做到了「每臨大事有靜氣」的修為境界。

然後，獨孤穹將所有的目光集中在了丁千秋一張胖圓臉上，緊咬著的牙縫裡蹦出一個硬硬的字：「查！」

「白宇，我問你，你覺得自己這近來可有些不對勁麼？」蕭芙說這話的時候，正伸出纖纖細指捻了捻桌上的紅燭芯，讓臥室內的燭光更亮了些。

溫白宇握著酒杯的手不由得一顫，杯中酒水也頓時溢出了一星半點。但他意念一靜，立刻便定住了心神。沉默片刻，他緩緩問道：「怎麼個不對勁？」

「你是不是還在忌妒葉師叔？他每一次廟算如神，高你一籌，」蕭芙凝視著他，正色問道，「你莫非有些不服？」

溫白宇一聽，心下釋然，將杯中的酒一飲而盡：「我怎會忌妒他？……」

「白宇，我知道你胸懷大志，總想一鳴驚人，憑實力收服人心，但你也不必這麼浮躁！」蕭芙深深地說道，「葉師叔和我父親都已經老了，將來總歸會讓你出人頭地的，你又何必汲汲不休呢？」

溫白宇微笑著搖了搖頭，卻是不答。其實蕭芙又哪裡知道他真正不對勁的地方究竟是什麼？這個祕密在「驚龍幫」裡也許只有他一個人知道。

看著桌上那搖曳多姿而豔紅奪目的燭光，溫白宇的思緒很快便沉浸到對往事的追憶中去了。

溫白宇小時候的命很苦。在他六歲時，他便開始流浪在青陽城的街頭巷尾，是一個人人都可以欺負的小乞丐。他那時已記不得親生父母什麼樣，而且他感覺自己似乎從來也沒有看到過自己的親生父母，他只記得自己在六歲之前，還生活在一個豪宅大院裡。然而，一個晚上便使他的命運徹底改變了。一場猝然而來的大火將他曾經生活了六年的大宅院化為了一片廢墟，而他也就成了街上年齡最小的乞丐。

他就這樣在街頭上混了三年。到他九歲時，他憑著自己的敢拚取闖與機智多謀，成為了青陽城西城一帶小乞丐們的「孩子王」，但他卻不知道厄運又將猝然降臨。

又是一夜之間，一群來歷不明的黑衣人如同老鷹吃小雞一般將他手下三十三個小兄弟全變成了刀下怨魂。只有他一個人拖著遍體鱗傷逃了出來。他忘不了最後一個小兄弟「小石」在他最危險的時候，一腳將他踹下了一個大糞池。那些黑衣人怕臭，便沒追下糞池殺他，而他在糞池裡埋頭一直憋了三盞茶的時間才敢爬上來。

為了學成武藝報此大仇，他在「天道盟」大門前不吃不喝跪了四天四夜。終於，面貌威嚴肅重的「天道盟」盟主蕭長風，親自開門而出，盯著他清澈見底的雙瞳看了許久許久，才緩緩開口道：「這是棵好苗子，留下吧！」

這樣，溫白宇便成了武林白道第一大幫派——「天道盟」盟主蕭長風親傳獨授的最年輕的一個弟子。蕭長風也並沒有看錯人，他的確非同凡器，短短數年間，他的武學修為突飛猛進、一躍千里，迅速成長為蕭長風二十四名親傳弟子中的佼佼者。

兩年前，蕭長風為自己最寵愛的獨女蕭芙召開了一場比武招親大會。溫白宇更是鋒芒盡顯勢不可攖，在大會上一舉擊敗大師兄林明琛，成為蕭長風的乘龍快婿。自此，溫白宇在「天道盟」中的地位扶搖直上，真正成為了中原武林中一顆耀眼的「新星」。

而這之前所受的種種苦楚、災厄，卻被溫白宇深藏於心，從不對人啟齒，便是他的妻子蕭芙也不清楚。

早上起來，溫白宇看著蕭芙在梳妝檯前梳洗著，默默無語。從他這個角度看過去，妻子的背影在窗外的晨光映襯之下顯得十分清美秀逸。當年，他在「比武招親大會」上贏得蕭芙時，人們便稱他們是「曠世俠侶，天下無雙」。他也覺得喜不自勝。但今天早上，忽然有一個問題冒上了他唇邊，不吐不快：「芙兒，我想問妳一件事。」

蕭芙將綠玉梳輕輕拿起，漫不經心地答道：「什麼事？」

「我突然想問妳，如果當初我沒那麼優秀，武功也沒那麼高強，只是一個默默無名的『天道盟』弟子，妳還會像現在這樣愛我嗎？」溫白宇看著她秀美的背影，靜靜地問道。

「我，我不知道。」蕭芙的身子突然像被人點了穴一樣驀地一頓，「如果真是那樣，我那時也許不會注意到你的。」

「我早就知道，妳是不會注意到我的。但妳又哪裡知道，在我和妳結婚之前，我可是暗戀了妳五年哪！」溫白宇悠悠地說道，「那時候，大師兄才是我們『天道盟』的驕子，他相貌英俊、武功不凡，哪個女子不曾傾心於他？……」

「啪」的一聲，蕭芙手中的綠玉梳一下捏成了粉碎：「不要再說了。現在，你已經成了我的丈夫……」

溫白宇沉默不語。突然之間，一個陰沉的聲音彷彿從天際傳來，在他耳畔猝然響起：「那時候，你若不能技壓群雄，只怕連自己心愛的女人也無法追求得到……」

這聲音是從溫白宇腦海深處響起來的。溫白宇知道這聲音是誰說的。他是一個讓溫白宇充滿了複雜感情的人。他就是武林邪派第一大幫「驚龍幫」的「知秋堂」堂主丁千秋。

初次相識丁千秋是在五年之前。那一天他率領部下進攻『驚龍幫』時，與丁千秋碰了個正著。丁千秋抽身飛縱而逃，他也展開身法追撲而去。二人也不知在山林飛奔了多久，到得一個黑松林時，丁千秋突然身形一停負手而立，神態逸然，竟不逃了。

銳利的劍鋒，直指上了丁千秋咽喉不足三寸之處。溫白宇經過長時間的飛馳疾追，早已累得氣血翻騰。饒是如此，他握劍的右手卻凝足了十分勁道，絲毫不敢鬆懈。只因丁秋實在是一個極可怕的對手，江湖中傳說他武功詭異神祕，已達到了外人匪夷所思的境界。所以，當溫白宇孤身一人面對這樣的勁敵時，不由他不感到十分緊張。

丁千秋卻顯得十分輕鬆。他負手仰天，許久才開口說道：「這裡應該沒有別人追來了吧？」溫白宇冷冷地盯著他，閉口不答。丁千秋卻振了振衣衫，席地而坐，面對著逼喉而來的長劍，仍是一臉的輕鬆。他看著溫白宇，彷彿在和一個熟人攀談一般開口說話了：「既然不會有人前來打擾，就讓我們來談談正事吧！」

溫白宇緩緩說道：「我沒什麼正事可以和你談的。」說著，他手中寶劍劍尖又向著丁千秋咽喉處逼近了幾分。

「不要老拿劍指著我！」丁千秋有些不悅地說道，「你可別怪我出手無情了！」話猶未了，他突然右手一伸，食中二指已電光石火般迅速之極地一下夾住了頂近自己喉結的劍尖。

溫白宇一見大驚，急忙收劍。卻不料丁秋夾住劍尖的雙指間略一運勁，那寶劍劍身隨即一陣嗡嗡作響，乍然寸寸震裂！溫白宇只覺掌心一麻，竟是再也把握不住那劍，任它碎落一地。

丁千秋看著他一臉驚愕的表情，有些失望地嘆了口氣：「想不到你進入『天道盟』這麼久，卻仍是只學會了一點兒皮毛功夫！不知道幫主要盼到什麼時候你才會在武林中真正做到一鳴驚人?!」

「什麼?」溫白宇對丁千秋的話聽得雲裡霧裡。他肅然道：「丁老怪，溫某學藝不精，今日技不如你，寧可自刎一死以謝師父，也斷然不受你這般挖苦！」

丁千秋輕輕搖了搖頭，突然問道：「你可知道你六歲時家裡那場大火是誰放的?」

此語一出，溫白宇心頭為之一陣劇震：「你……你……」

「你又知道你九歲時你那三十幾個小兄弟是被誰派人殺的嗎?」丁千秋又悠悠然開

口說道，「你不知道，可是我都知道。」

「你……你……」溫白宇震驚不已，「你怎知道我的過去？……」

「哼！你的一舉一動，我們都知道。」丁千秋冷冷開口說道，「我之所以會知道你過去的這一切，只因你的一切都是我一手安排的。」

「什麼？」溫白宇大吃一驚。

「你六歲時那個家是被我派人燒的，你九歲時的小兄弟們也是派人殺的。」丁千秋的表情平靜而冷酷，「其實，那個家也並不是你的家，你只不過是在那裡寄養了一段時間而已。」

「你……你……為什麼？」溫白宇將牙齒咬得格格直響。

「為什麼？」丁千秋仰起臉來看著蒼茫的天空，意味深長地一笑，「只因你是我們『驚龍幫』獨孤幫主的親生兒子！你從一生下來開始，就注定了要走一條與別人更曲折、更坎坷的成功之路！我們不這麼安排，你怎麼會順利進入『天道盟』成為蕭長風的親傳弟子？你若無法成為蕭長風的親傳弟子，又怎能在正邪兩派武學之中『取長補短、水火相濟』，成為取代獨孤幫主而獨霸武林的新一代邪派武學大宗師？」

「你胡說！」溫白宇大聲說道，「這全是你們編出來騙我的。我是『天道盟』盟主蕭長風的親傳弟子，我和你們正邪不兩立。你不要再編這些鬼話騙我了！」

「我騙你？」丁千秋仍是那麼平靜得出奇，「好好看一看你背上紋著的那條青龍，它和我們幫主身上的那條是一模一樣的。」

「胡說！」溫白宇突然大笑，「你們幫主身上紋沒紋青龍誰會知道？我身上紋有青龍就一定會是你們幫主的兒子嗎？天下紋身相同的人多著呢！」

丁千秋冷冷地看著他，最後，他的一句話似利箭般直刺溫白宇的要害：「可是你從小以來在雙足足心底下刺著的兩個字又怎麼解釋？」

剎那間，溫白宇如同被點了死穴般神情木然。

「那兩個字是什麼？」丁千秋一字一句逼了上來，「你念來我聽一聽？」

溫白宇呆了半晌，突然間身形一縱，沖天飛起，遠遠掠空而去。

其實，他已清清楚楚地記起了那兩個字，卻不敢唸出來——「驚龍」！是「驚龍幫」的「驚龍」！

黑松林一別之後，溫白宇深思了三個月，終於來找丁千秋了。

丁千秋深不見底的眼神裡充滿了一種隱祕的蠱惑，他坐在太師椅上，冷冷地看著溫白宇，說道：「我猜你最後一定會來找我的！」

溫白宇默而不答。

丁千秋的話很沉很緩，卻帶著一種直指人心的銳利：「你在蕭長風門下弟子中雖堪稱十分傑出，但你絕對不會是最優秀的。你應該清楚，你的大師兄林明琛就是一個天縱奇才：你千辛萬苦練成如今這般的武功造詣，他卻早在四年之前便先你一步達到了。你以為自己能勝過他嗎？我相信，如果沒有外力的支持，你永遠只能生活在別人的陰影裡，永遠也無法真正脫穎而出。」

他說到這裡頓了一頓，忽然提高語氣尖銳地問道：「難道你真的願意一輩子成為武林中的一個無名小卒嗎？默默無聞地活著，默默無聞地苦鬥，默默無聞地失敗，默默無聞地死去，最後彷彿這世上你這個人根本就像從沒來過一樣。」

這幾句話似利刀般刺中了溫白宇的心臟。他禁不住發出了一聲低低的呻吟，整個身軀激烈地震顫起來，緊抓著劍鞘的右手指節也不覺握得「格格」作響。他埋下了頭，不讓丁千秋看見他因備受內心煎熬而扭曲的臉色。

「更何況你的野心一直都很大！」丁千秋停了片刻，又緩緩開口，「這是你身上從獨孤盟主那裡繼承來的唯一優點。你從在青陽城街頭當『小乞丐頭兒』時開始，你就表現出了一種與生俱來的支配別人的慾望，這些我們感到十分高興。人，最怕的是胸無大志，而並不是身無異才。只要你始終如一地保持著這份勃勃野心，你就一定會成功的。」

溫白宇的身子顫抖得更加厲害。突然他腦中靈光一閃，便想趕緊從丁千秋面前離開。他覺得自己不能再聽這丁千秋的話了。但不知為何，他竟已邁不動腳步，控制不住自己一心想傾聽他說話的慾望。

「而且，我們還知道你深愛著蕭長風的女兒蕭芙……」丁千秋看著溫白宇變幻不定的神色、激烈震顫的身軀，已經明白自己是加上最後一擊的時候了，「可是，蕭長風已決定在三年後召開本盟內比武招親大會，挑選優勝者作為他的乘龍快婿……那時候，你若不能技壓群雄，只怕連自己一心追求的女人也……」

「夠了，不要再說下去了。」隨著溫白宇一聲厲喝，「啪」的一響，他手中寶劍的劍鞘竟被他右手五指捏得寸寸碎裂。鋒利的劍刃劃破了他手上的肌膚，鮮血沁沁而出。但他只是粗重地喘著氣，彷彿已感不到疼痛。

「可是我們能幫你。」丁千秋的笑容裡的蠱惑之力越來越強烈，「我們能讓你真正成為天下武林第一人！那時候不要說一個區區的蕭芙，就連全天下的美人珍寶都將是你的囊中之物！」

溫白宇緩緩轉過身去，準備離開。

「噗」的一聲，一本古色古香的絹冊從他身後伴隨著丁千秋的聲音飛擲而來：「拿著，這是獨孤盟主送給你的本幫上乘內功心法。只要你練上四個月的時間，『天道盟』裡你所有師兄弟的武學造詣都會被你遠遠拋下……你一定能成為『天道盟』最強的高手之一……」

絹冊，被溫白宇右手一伸靈敏地抄住。同時，他的身軀猛地頓了一頓，卻沒有回頭。木然站立了片刻，溫白宇終於邁開了腳步，緩緩走進了林蔭深處。

他慢慢走進去，漸漸的彷彿與那樹林中的陰影融而為一，再也看不分明。

丁千秋看著他淡淡的背影，陰沉的臉上露出了一絲不易察覺的笑意。

「溫堂主！」

一聲急促的呼喚將溫白宇從往事回憶中喚回到現實裡來。溫白宇定睛一看，卻見是一個佩劍弟子站在面前恭恭敬敬地說道：「溫堂主，葉副盟主在『明刑殿』請您移駕過去一趟。」

「知道了。」溫白宇斂了斂心神，慢慢站起了身拿起了劍，「發生了什麼事嗎？」

「聽說是關於查出一個『驚龍幫』內奸的事。」

這句話在那名弟子口中是輕輕道來，溫白宇聽在耳裡卻似五雷轟響。他握住劍鞘的手，不禁一顫，「當」的一聲，劍已落地。

「溫堂主，你……」那弟子不禁一臉的驚愕。

坐在梳妝檯邊一直沉默著的蕭芙也慢慢轉過頭來，目光裡充滿了疑問。

「如果真是抓住了『驚龍幫』的內奸，那實在是太好了。」溫白宇臉上剎那間已換上了一層喜悅之情，「我實在為葉師叔感到高興，一不小心竟把劍都弄丟了。」說罷，若無其事地出門而去。

葉沉舸在「明刑殿」靜靜地等著溫白宇。這倒不是溫白宇在「天道盟」內身分特殊的緣故，而是他身為刑堂堂主，掌管著本盟所有弟子的刑賞之柄。

溫白宇剛一進殿，便看到殿當中跪著一個青年弟子。他目光一瞥，依稀辨出這人似乎是「萬春堂」中的一個弟子，平日裡顯得十分精明能幹，盟裡正準備著要把他提升上來當副堂主呢。此刻，他木然跪倒在地，一看便知是被武林高手用了重手法封住全身穴脈而動彈不得。

葉沉舸迎了上來：「這個弟子是『萬春堂』的高天齊，也是『驚龍幫』派來的內奸。這幾日我本就防著有人會來『玉柱閣』裡偷東西，於是便布下了羅網，靜待著他們來上鉤，想不到卻釣出了他這個小角色。」「玉柱閣」是「天道盟」存放絕密檔案的重要之地，葉沉舸培養和使用的十三個祕密「臥底」的全部資料就藏在那裡。此次「天道盟」一舉搗毀了「驚龍幫」的「朱雀堂」，令「驚龍幫」極為憂慮。為了破獲「內奸」，「驚龍幫」不得不啟動「臥底」前來「玉柱閣」盜取資料，卻不料竟被葉沉舸逮了個正著。

溫白宇一邊聽著葉沉舸講話，一邊將目光掃向了高天齊。高天齊竟毫無懼色，也目光灼灼地正視著他。溫白宇覺得他的目光有些刺眼，便將自己視線側了開去。然後，他眼睛盯著別處，卻向葉沉舸發問：「葉師叔準備怎麼處置他呢？」

「我已經試過很多次了，怎麼也撬不開他的嘴。」葉沉舸緩緩說道，「我對他們這一類人十分了解，也不想再白費力氣了，所以轉到你們『刑堂』來處理。你該怎麼辦就怎麼辦吧！」

「那好！」溫白宇看也沒看跪在地上的高天齊，一拍腰間劍鞘，一脈清光便似流水般飛瀉而出，在半空中劃過一弧極其優美的曲線，往高天齊頸下輕輕一抹，又倒飛回他的劍鞘之中。這一切，都只是眨眼之間一氣呵成的，功力高深如葉沉舸，也僅是看清劍光飛瀉的一條大致弧線而已！

高天齊僵跪在地，臉上向著溫白宇微微一笑，突然他脖子上有一圈鮮血沁沁而下，溼透了衣襟。溫白宇面無表情，衣袖一拂，勁風颯然，高天齊的人頭便脫體飛去，跌落在刑堂大門之外。

二、大師

唐青沒有料到丁千秋會派他去殺呂飛。

臨行前，丁千秋對他說：「我已查到呂飛就是『天道盟』派來的一個『內奸』。他潛伏在我們幫裡七年了，很多機密大事都是他洩露出去的。你去殺了他。」

唐青一言不發，只是默默地點了點頭，丁千秋靜靜地看著他，目光裡空空洞洞，讓唐青找不到和他對視的交點。

找到呂飛時，他正在自己的客廳裡撫琴。他在「驚龍幫」裡素有「鶴琴狂君」之譽，亦可見他在琴藝上的造詣之深。

唐青就在他琴案之前靜心傾聽。琴聲初時如行雲流水，輕鬆自然。與廳外竹林蕭蕭枝葉迎風搖動之聲合節，竟似妙韻天成。

琴聲忽變。

輕捻慢攏的細音流轉低迴，似有莫名沉鬱之情。

琴聲又變。

音中忽有激越之氣，如浮雲凝空。稍停，再變激越，其音足以穿雲裂石。呂飛一雙蒼白纖細之手此時在琴面上撥絃如狂。

終於，古琴似破竹裂帛般一響，琴絃一陣急顫，停了下來，餘韻悠悠。唐青臉上微顯痛苦之色。卻見呂飛緩緩抬起頭來，道：「想不到是你來了。」

「好曲。」唐青悠悠一嘆，「可惜，今天過後也許難得再聽到這樣高妙的琴音了。」

「你們都知道了?」呂飛冷冷的目光正視著他。

唐青臉色凝重，緩緩點了點頭:「你自己當初選擇的路，就得由自己來了結。」

「很好。我自己選擇的路，本該由我自己來了結。」呂飛深思著點了點頭。

「你可知道?早在半個月前，獨孤幫主便已有意提升你為『朱雀堂』堂新任堂主，主持『朱雀堂』復建大業?」唐青忽又問了一句，「你本不必與我今日這般見面的。」

「我自己當初選擇的路，走到今天本就無法回頭。」呂飛面無表情，慢慢起身，突然衣袖一舉，向著唐青迎面一拂。

他這一拂之間，縷縷勁風似箭射出，密密集集，「嘶嘶」作響，直射唐青全身上下七十二處穴道。

「天鶴神袖?」唐青吃了一驚，腰間鞘中一道瑩瑩綠光應手飛射而出，在半空中劃出一道弧形綠虹，「叮叮」連聲，將呂飛的千縷袖風盡行接了下來!

饒是如此，還是有幾縷「天鶴神袖」的袖風餘勁穿透了唐青密密的「碧月刀」刀氣，在唐青的胸衣上射破了幾個細細小孔。

「嘣」的一響，忽見呂飛左袖在面前桌上古琴上一拂，七根銀弦齊齊崩斷，同時化作十四縷銀光似靈蛇般激射而起，忽左忽右，忽曲忽直，忽柔忽剛，向唐青飛繞疾撲而來！

唐青此時刀飛出鞘盤旋在空，稍一鬆懈，已不及化解，頓時被那十四縷銀光纏上身來捆得結結實實。

唐青大喝一聲，運勁一賺，卻不料那十四根銀弦「嚓嚓」幾聲急響，非但未曾被他雄渾的內勁震斷，反而似刀刃般割破了他身上衣衫，緊勒在他軀體之上，竟勒出一道道深深的血痕來。

「『天琴魔絲』是我近年來潛心修練的獨門功夫。你是我這功夫練成來的第一個嘗試者。」呂飛悠悠說道，「無論你內力多強，武功多高，都無法賺斷這『天琴魔絲』！現在，你還是一個人呆在這裡慢慢等著這魔絲將你漸漸勒死吧！我要永遠離開『驚龍幫』，返回『天道盟』了！」

說完，呂飛舉步便走。

「等一等。」唐青突然開口說道，「你以為你真的回得去嗎？」

「什麼？」呂飛不禁有些愕然地回過頭來。

沒想到就在他這一回頭之間，唐青右腳腳尖在地板上重重一點，「嗖」的一聲，銀光一閃，一柄隱藏著的匕首從他鞋尖詭異無比地彈射而出！

這一招來得太陰險太卑鄙！呂飛一驚之下未及躲避，頓時被那匕首穿喉而過！

他痛苦地一手捏著血如泉湧的咽喉傷口，一手指著唐青雪白的臉龐，目眥欲裂，卻已說不出話來！

唐青避開了他逼視過來的目光，將臉側向了一邊，臉上的肌肉不禁一陣痙攣。「噗」的一聲悶響傳入耳中，他知道呂飛已終於倒地氣絕身亡。

正在這時，人影一閃，一股烈烈罡風隨之撲上身來！憑著一種直覺，唐青已明白來者是何人，卻閉上了雙目不願睜開。

卻聽「波波」幾聲，那股罡風所到之處，深深勒入他肌膚深處的銀弦應聲根根斷裂！他驀覺全身一鬆，已然脫縛而立。

他睜開了雙目，只見丁千秋在他面前肅然而立。

「師父……我……我……」他囁囁的說道。

「下一次不能再大意了。」丁千秋目光中掠過一絲暖意，「你透過這次考驗了，我要向幫主建議，升你為白虎堂堂主。」

葉沉舸靜靜地看著唐青。

唐青的目光仰望著樹林上空的一縷浮雲，神色蒼白而憔悴。他慢慢開口了：「師父，求求你把我召回『天道盟』吧！『驚龍幫』裡，我是一天也不想再呆下去了。」

「忍一忍吧！只要徹底消滅了『驚龍幫』，你就是『天道盟』最大的功臣！」雖然這句話以前曾向唐青說了千百次，但面對唐青空茫而憔悴的神情，這一次葉沉舸說出口的仍是這句空空的承諾。

唐青苦苦一笑，說道：「徹底消滅『驚龍幫』？這要等到哪一天吶？這人不像人、鬼不像鬼的日子不知道哪一天才是盡頭？」

葉沉舸沉默無語。

許久許久，唐青才開了口：「你不懂的。眼睜睜看著呂飛被我的暗器刺死而我卻無能為力去改變這一切時，我心中是多麼的痛苦！有時候我覺得自己根本就不是好人，甚至比壞人更壞，我有些受不了！」

「看來你心頭的魔障很深。」葉沉舸微微皺了皺眉，緩緩開口說道：「好，你跟我來。」說著，他已轉身向林外走去。

「去哪裡？」唐青連忙跟了上來。

「到了你便知道了」。葉沉舸身形一縱，鷹一般在樹林中飛掠起來。

轉瞬間，葉沉舸便帶著唐青來到了一座小山上的破廟門前。推開破舊的廟門，只見高高的佛像前，一塊茅草蒲團上，靜靜地坐著一位白眉垂腮的青袍老僧。

站在這破廟之中，唐青感到一股清新寧和寬弘雅正之氣迎面而來，令人心境為之一淨。這小廟在他眼中看來，竟是陳舊而不顯頹朽，殘破而不失莊嚴，心中頓生尊崇敬仰之感。他不禁向葉沉舸問道：「這是什麼寺？」

「這是『無象寺』。」葉沉舸緩緩答道。

「葉施主，想不到這麼多年來，你仍是未曾勘破物我之見……，」一個沉沉的聲音慢慢響起，那青袍老僧開口發話了，「這不是『無象寺』，不過是老衲的一顆向佛之心而已。」

唐青一聽，心頭不知為何，竟是一陣莫名的震盪。卻見葉沉舸臉上微微一紅，恭恭敬敬地向老僧施了一禮，道：「大師指點得是。晚輩這裡有一個朋友心事重重，鬱悶在胸，恐會久積成疾，望大師點化。」

老僧抬眼看了看唐青。唐青與他四目對視，只覺他目光昏暗，毫無神彩，根本不似得道高人之相，不禁微微皺了皺眉。老僧淡淡一笑：「這位施主所謂的『心事重重，鬱悶在胸』，不過是滿腹辛酸不可對人明言罷了。」

聽到此話，唐青心頭頓時一陣劇震：「你……你怎知道……」

老僧緩緩說道：「老衲細聽施主鼻息之音，只覺施主氣濁而神清，心亂而志定。從這一點來看，施主應是一位沉毅明敏之士，令人可敬。」

唐青聽著老僧娓娓道來，心中倍感親切：「大師此言果是深得我心。」

老僧又悠悠一嘆：「我知你心又如何！若要解脫這無盡痛苦，非自心著力不可，與我之言語又有何干？」嘆罷，閉目不言。

唐青正欲再問，葉沉舸一拉他的手，道：「大師，我們就此告辭了！」

唐青看了看沉默不語的老僧，亦知他不會再講什麼，只得轉身便走。

在他倆剛走到破廟門口處時，忽聽那老僧蒼老的聲音緩緩響起：「施主請看老衲門前那石階縫裡的小花開了沒有？」

唐青目光一定，見得那狹狹的青石階細縫中正掙扎著冒出來一朵明黃色的小花，在寒風中分外醒目。他凝眸深思片刻，忽然回頭望向那老僧：「大師點化得妙，弟子告辭了！」

葉沉舸看著他臉色變得明朗起來，不禁微微而笑。

走出老遠，他才對唐青說道：「如果你日後覺得不快，儘可以到這『無象寺』來。大師一定會幫你的。」

「不知道這大師是何來歷？」唐青問道，「他實是慧深如海，弟子十分敬佩。」

「你只須記得這大師的法號是『一帆』便行了。」葉沉舸靜靜地說道：「日後你自然會知他來歷的。」

「天道盟」江南分舵的舵主崔漠雲向來就是一個辦事認真扎實的人。這天早晨，他在舵中弟子的簇擁下來到清江碼頭撫問幾天前遷來的黃河災區難民。

看到難民們衣不蔽體、食不果腹的樣子，崔漠雲覺得心中很是難受。他對一個病倒在地的災民殷切慰問過後站起身來，向不知何時擠到身邊的一個有些眼生的弟子發話道：「你趕緊回分舵去，通知劉副舵主他們再調運一批衣物過來。」

那弟子垂頭低眉，應了一聲「是」，轉過身來抬足便走。

崔漠雲又彎下腰去慰問另一個殘疾在身的難民。但，就在這一剎那，他目光一瞥，陡見斜刺裡一道碧瑩瑩的寒光似毒蛇般飛刺而來！

這一刀，竟是那奉令離去的眼生弟子反手一招狙擊而來！

崔漠雲一見猝變驟生，頓時急速反應過來！他身形似驚鷹乍起，「呼」的一聲，斜掠開去，堪堪避過了那一道碧光的追殺！

這道碧光正是唐青連人帶刀所化。他一擊不中，身形凌空一翻，刀如碧練，再次飛捲而出，如影附形，直向崔漠雲追殺而至。

崔漠雲身在半空，早已拔劍在手，勁叱一聲，連人帶劍隨即化作一道春虹向著那一道碧光迎擊過去！

這道青虹來勢之猛，已達到了挾風裹雷無堅不摧之境！

「叮叮噹噹」只聽半空中猝然響起一片金玉交鳴之聲，空靈而曼妙，清越而明澈。青虹碧光一絞即分，唐青和崔漠雲已落下地來對面而立。

崔漠雲氣定神閒，靜靜地望著唐青。唐青也冷冷地盯著他，然而他緊握「碧月刀」

的右手，卻是虎口震裂，血滴如珠。

崔漠雲不愧是「天道盟」中的一流高手，刀劍交擊之際，已令唐青身負內傷！

突然，崔漠雲身形一縱沖天飛起，劍化漫天光雨，閃閃爍爍，星星點點，直向唐青當頭罩射下來！

唐青只覺遍體生寒，森森劍氣密如蛛網，自知難以脫身，不禁長嘆一聲，垂下手中「碧月刀」，閉目待死。

在劍氣砭入他眉宇之際的一刹那，他從內心深處感到的卻是一種莫名的輕鬆：也許死亡，才是真正的解脫吧！

就在這刹那之間，只聽「轟隆」一聲，屋頂霍然破開了一個大洞，一團灰影似晴空霹靂般從天而降！

「嗡」的一聲震響，正在凌空撲擊的崔漠雲只覺手中利劍一顫，隨之虎口一麻，驚疑之際，那柄削金斷玉的利劍竟被來人在半空中牢牢攫在掌中！

他目光一瞥，這才看清來人面目——竟是「驚龍幫」知秋堂堂主丁千秋！一見之下，不知為何，他的心不禁一沉。江湖中盛傳丁千秋武功高深莫測，並不在「驚龍幫」

幫主獨孤之下。今日他顯出這一手「空手攫白刃」的神祕功夫，已令崔漠雲心中為之深深震懾！

他一驚之下，急忙握住劍柄往懷中一拉，想從丁千秋右掌之中拔回劍來！卻不料那劍似乎緊緊黏在了他右掌上，無論崔漠雲運多大的勁道、用多巧的手法，都無法拔動它分毫！

然後，他便在駭然中，分明看到丁千秋雙眸深處似火光般紅紅地一亮。他陡覺掌心一燙，無聲無息之中，那柄「青虹劍」竟似烈焰中的蠟一般黏在丁千秋掌上慢慢地熔化了！

崔漠雲急忙將手一甩，拋開劍柄，左掌一翻，「砰」的一聲，重重地擊在了丁千秋前胸之上。

不料他這一掌擊去，便如同打在了厚厚的牛皮鼓上，一聲沉沉的悶響過後，丁千秋竟若無其事。丁千秋左掌一揚，那柄在他手中已熔化成一股紅亮鋼汁的長劍「唰」地一下飛舞開來，在他那玄妙神異的內家真氣掌控之下，竟已化作一條長長的火蛇，靈動無比地在半空中一卷，便「噗」地一聲鑽進了崔漠雲脅下要穴之中！

崔漠雲頓覺一陣極強烈的灼痛直入肝脾深處，當下大叫一聲，暈死過去！

但是，在他暈過去的一剎那，崔漠雲右手中指往自己胸口「璇璣穴」上一戳！然後，他整個人一下便僵硬如鐵，「嘭」地一響，跌在了地上。

丁千秋沒想到他在最後關頭竟點了自己死穴而死，不禁一聲長嘆，卻已無可奈何。

三、罩門

「江南分舵被掃滅，並不是『驚龍幫』裡的人武功有多高，」沉默了許久，唐青才開了口，「而是『天道盟』中有內奸出賣了他們！」

葉沉舸的臉色沉了下來。

「真的，這一次『驚龍幫』偷襲『天道盟』的江南分舵能得手，就是有人洩了密。」

葉沉舸許久才緩緩說道：「你幫我查一查。」他頓了一頓，忽又開口說道：「你還有一個最重要的任務，就是盜到獨孤穹的『赤冥魔功』的祕訣。只有這樣，你才能最終勝利地返回『天道盟』。」

唐青站了起來，撣了撣衣衫，神色淡然，道：「後天晚上，薛天仇會到『綃紅樓』辦事。這可是除掉他的最佳機會。」薛天仇是「驚龍幫」副幫主。

葉沉舸緩緩點了點頭：「不錯，是到了應該向『驚龍幫』發起『驚雷一擊』的時候了。」

溫白宇和蕭芙直到後天傍晚才突然接到了盟主蕭長風的召見指令。

雖然溫白宇已知道這兩天來葉沉舸一直在謀劃著什麼大事，但他卻也未曾留意。直到蕭長風親口告訴他夫婦倆要於今晚到「綃紅樓」狙殺的人是「驚龍幫」副幫主薛天仇時，溫白宇才開始顧慮起來。

「本來今晚這個大功應該是由你葉師叔來立的。但他說，他已經老了，再大的功勞也應該讓給後生們去領了。於是他向我推薦了你去執行今晚的任務。」蕭長風用一種慈父般的口吻對溫白宇說道，「你此次若殺了薛天仇，對你在盟內樹立威信是大有裨益的。機不可失，不要輕易放過。」

蕭芙為丈夫能擔此大任感到興奮不已，不禁連聲向父親致謝。溫白宇的神色驚喜之中，卻隱隱含有一絲憂鬱。不錯，殺了薛天仇，他在「天道盟」內必會更進一步躍居重位；但是，殺了薛天仇，「驚龍幫」又會對他怎麼樣呢？至少，「驚龍幫」中絕大多數門人弟子必會視他為仇敵而致之死地！那麼，他還能真正的回到「驚龍幫」去嗎？

這時，蕭長風又用他那沉緩有力的聲音打斷了他的思緒：「白宇，這薛天仇練成了『金甲鐵衫功』，全身上下刀劍不入，普通兵器根本傷不了他。老夫現將本盟鎮盟之寶『豐泉劍』傳贈送給你，萬望你不可負了我的這番苦心。」

溫白宇默默接過「豐泉劍」，拔出鞘來，但見那銀亮的劍身便似一脈活水般「汩汩」然流轉生光，森森寒芒之中一股凌凌劍意逼人眉睫。

「那就快走吧！」蕭芙一拉他衣袖。溫白宇霍然驚醒，收劍入鞘，躬身謝過岳父，出殿而去。

「天道盟」的狙殺計劃布置得天衣無縫，待到薛天仇發覺中伏之時，他已成孤家寡人。但，他憑著「金甲鐵衫功」刀劍不入的優勢，已闖破「綃紅樓」裡五道埋伏，打死打傷了百十名「天道盟」得力幹將，眼看便要突出重圍全身而去！

蕭芙和溫白宇守住的是「綃紅樓」門口，同時是「天道盟」設下的最後一道埋伏。看到薛天仇似一頭猛獸般狂衝出來時，蕭芙已是按捺不住，嬌叱一聲，手中的「冰鋒劍」

一揮，身劍合一如矢如箭疾射而出，「嗖」的一聲，直向薛天仇當胸穿來！薛天仇未曾料到蕭芙的「冰綃劍法」竟是如此迅疾高妙，一瞥之下，「冰鋒劍」已刺到胸口！

「叮」的一響，聲如金鐵交擊，蕭芙只覺右腕被震得一麻，手中「冰鋒劍」竟是如刺磐石，雖然穿透了薛天仇的胸衣，卻分毫未曾傷及他！

她一怔之間，已給了薛天仇極佳的反擊之機，只聽得薛天仇狂吼一聲，蒲扇般大的巨掌淩空一揮，「呼」的一響，罡風如潮直向她迎面捲到！

「小心！」一聲清叱破空而來，斜刺裡一道白虹急掠而至，往當中一截！

「錚錚」之聲大作，蕭芙只見眼前一陣人影閃動，須臾之間那溫白宇已奮不顧身橫空飛來擋在她身前替她硬碰硬接下了薛天仇數十記千鈞重掌！

薛天仇越打越心驚，覺得自己的千鈞掌力全被這白衣青年劍上內勁化解淨盡，同時他劍上竟生出一股沉實雄渾的反彈之力震得自己雙掌隱隱作痛！這份功力，實是天下罕見！

突然，他感到眼前一花，那青年劍尖上精芒暴漲如瀑，騰湧而起，白茫茫好生刺眼！

他不禁微微閉了閉雙眼，以避開那刺眼而來的灼灼白光！同時，他雙掌一翻，勁氣如山，反向那飛瀑般的萬丈劍光罩將過去！

然而，他的如山勁氣捲掃過去，卻似乎擊了個空，無阻無礙一瀉無前，竟未碰到任何抵抗！

他霍然一驚之下，急忙下意識地伸手往左脅處的「牽機穴」護去！——那正是他堅不可摧的「金甲鐵衫功」的罩門所在！

可是一切都晚了！

「嗤」的一聲，他只覺「牽機穴」上微微一痛，然後全身密布的「金甲鐵衫功」罡氣就像氣球被人一針炙穿了一般立刻洩了個一乾二淨！

接著，他只覺頸上一寒，溫白宇的「豐泉劍」劍尖已抵在了他喉結之上，一滴鮮血沁了出來！

薛天仇放棄了抵抗，他木然地站立在那裡，喃喃地說：「你是怎麼知道這個祕密的？我的罩門只有我一個人知道。」

溫白宇笑了笑，並不答話，劍尖往前一送。薛天仇便仰天倒了下去，臉上還帶著無盡的驚疑。

這個祕密是葉沉舸告訴溫白宇的。

葉沉舸則是從唐青口中聽來的。唐青說：「我也不能確切地知道薛天仇的『金甲鐵衫功』」罩門在哪裡。我和他一起下過窯子，發現他在和那些女人幹那工作的時候，身上的「金甲鐵衫功」罡氣仍像一層緊身軟甲一樣護著他的軀體。那一次，我在他和女人做那事兒的時候，在窗外撒了一把銀針去試探他。當銀針向他全身罩射而來時，他大吃一驚，左手下意識地往左脅下一護，然後翻身而起。這個動作很細微，卻被我清清楚楚看在了眼裡。當然，那一次偷襲中，所有的銀針都沒能傷得了他。但我卻明白了他的罩門應該在他左脅下一處祕穴上。他左掌那一護，護住的是『陽川』、『涼戶』、『牽機』這三個穴道。後來，我發現他在自己左脅下的衣衫處內層上縫了一塊『金絲軟甲』，這塊『金絲軟甲』覆蓋著的地方正是『牽機穴』。所以，我斷定他的罩門就是『牽機穴』。但你們一定要用一柄極鋒利的寶劍才能刺穿那層『金絲軟甲』，從而擊中『牽機穴』，這樣才會真正破掉他的『金甲鐵衫功』。」

所以，蕭長風將「豐泉劍」送給了溫白宇。而溫白宇就用這劍的劍芒洞穿了那塊

「金絲軟甲」，讓薛天仇死於非命。

溫白宇緊急約見了丁千秋。

丁千秋冷冷地看著他，面沉如水：「你既已知道那天晚上『天道盟』將狙殺薛副幫主，為何卻不及時通知我們？」

「這只能證明你們的無能。」溫白宇緩緩說道，「如果沒有深藏在你們內部的奸細告密，『天道盟』怎會知道破解薛天仇『金甲衫鐵功』的罩門在哪裡？如果不除掉這個奸細，說不定下一個被出賣的就是你！」

丁千秋的臉色白了又紅，紅了又青，顯得十分難看。

「我不認為你們還能從內部把他查出來。」溫白宇擺了擺手，語氣突然變得刀鋒般陰冷，「現在只有一個辦法可行：你親自出手，直接把葉沉舸除掉。那個『內奸』和葉沉舸一直是單線聯繫。他一死，那個內奸再厲害，失去了在『天道盟』的靠山，也掀不起什麼大浪來。」

丁千秋聽罷，雙眸一亮，道：「溫少幫主果然見識卓異。」

「明天上午辰時一刻，葉沉舸會到江南分舵去安撫餘眾，路上必會經過『黑風林』。

你們應該知道怎麼做了。」溫白宇轉過身去，慢慢走向林蔭深處，「他的『金手綿掌』的弱點在他腹部的丹田穴，絕不會是你們在此之前聽到的任何一處穴道。」

他人已遠去，聲音卻還久久縈繞在丁千秋耳畔不曾消逝。丁千秋聽得很仔細，鐵青色的臉上緩緩現出了一絲冷笑。

當葉沉舸的座轎剛一行到黑風林時，他忽然喝了一聲：「停！」

抬轎的弟子們立刻停下了腳步，直立不動。

葉沉舸的聲音從轎簾內傳了出來：「放下吧！」他的座轎也立刻被眾弟子放落於地。

沉默片刻，葉沉舸緩緩說道：「你們回去吧！」

那幾個弟子應了一聲，隨即騰身而起，向樹林外飛縱而去。

卻聽「啊啊」幾聲慘呼，幾個弟子的身軀忽又倒飛而回，齊齊跌落在地，一個個頸上血痕如線，竟是被人以利刃削斷咽喉而死。

葉沉舸坐在轎內聽得分明，不禁輕輕一嘆，半晌方才開口緩緩說道：「我已入甕，你又何必濫殺無辜？」

只聽得一聲冷冷長笑，半空裡一道灰影似飛矢般疾掠而至，眨眼之間已撲到了轎前一丈之外。

座轎仍是紋絲不動。

來人正是丁千秋。他雙目平視轎門，緩緩說道：「葉副盟主，久違了。」

座轎內緩緩傳出了葉沉舸的聲音：「丁堂主此行不虛，想必是智珠在握了？」

丁千秋卻是不動聲色，氣凝神定，冷冷說道：「既來之，則安之。還請葉副盟主下轎與本座一敘。」

「唉！」葉沉舸在座轎內慢慢說道，「我終於知道是誰出賣了『天道盟』了。不過，他為什麼要這樣做呢？他本無須如此……」

「這個原因，你永遠也無法知道。」丁千秋有些得意的笑了，「現在，你應該明白，我們『驚龍幫』必將贏得最後的也是最大的勝利。」

葉沉舸悠悠一嘆，忽又說道：「你以為你今天很有把握可以殺了我嗎？如果我告訴你，我散布出來的關於我本人的任何消息都是圈套，你還敢肯定今天一定能殺了我嗎？」

丁千秋的臉色微微變了一變。

「我若說你今天已落入了我的天羅地網，你相信嗎？」葉沉舸的聲音從轎門內一字一句緩緩傳出，「你不要忘了我們的耳目甚至連你們『驚龍幫』副幫主薛天仇『金甲鐵衫功』的罩門在哪裡都知道得一清二楚。」

丁千秋的臉色又為之微微一變。他突然仰面朝天，長嘯一聲，宛若龍吟九霄，清越非凡，激得滿山樹林枝葉瑟瑟顫抖。同時，他攏在袖中的雙手緩緩伸了出來，面色依然平靜如常：「不管怎麼說，我都要出手賭一賭再看。」

座轎內一下寂然無聲。

丁千秋目光一抬，灼灼逼人地盯著轎簾。然後，他一字一句開始說話了：「可惜，葉沉舸，你太高估自己駕馭危局的能力了。你一向是個用劍和血來說話的人，今天卻講了太多的廢話。我想，你終究還是心虛了……其實，你始終也沒明白是誰出賣了你，也始終不會清楚我們摸清了你的多少根底……所以，你才會用『先聲奪人』之計來嚇阻我。」

他話猶未了，「砰」的一聲，那座大轎乍然爆裂開來，無數木屑激射而出，挾著一片刺耳的銳嘯之聲，直向丁千秋撲面射到！

丁千秋大喝一聲，雙袖一張一抖，往外一拂，那片片木屑頓時全被震彈開去！

卻不料這紛飛激射的木屑後面，人影一閃，一隻金亮亮的手掌竟似憑空飛到一般已向他前胸印來！

丁千秋右袖一拂，迎上了這隻金色手掌！

但聽「波」的一聲輕響，他那因貫注了上乘內力而變得堅逾精鋼的右袖居然像一層白紙般被那隻金色手掌一拍而碎，一穿而過！

同時，「噗」的一聲，那隻金色手掌又拍上了丁千秋右腕！

剎那間，丁千秋的右腕便似枯萎的樹枝般怪異無比地急速萎縮下去，其狀極慘！

好可怕的「金手綿掌」！

眼看著葉沉舸臉上的笑意愈來愈濃，丁千秋的右腕以上直到他整個身體都已疾速枯縮下去！

葉沉舸的「金手綿掌」卻以銷金化石之威繼續推進，直拍丁千秋的心口！

當葉沉舸這一掌印上丁千秋的前心時，他覺得丁千秋的胸口似朽木般散碎開來，而他的「金手綿掌」竟又一次從他前胸輕輕鬆鬆擊穿而過！

然而，葉沉舸的心頭卻驀地一沉：「枯木神功？」

果然，丁千秋雙目中猝然青光暴射，口中大喝一聲：「枯木逢春！」左掌以迅雷不及掩耳之勢猛擊而出，正拍中葉沉舸腹部「丹田穴」。

這近身肉博的一擊，實在是猝不及防！

剎那間，葉沉舸只覺全身功消氣散，左掌上的金色毫光立刻暗了下來。同時，他感到自己的整個軀體便似一具被蛀空了的腐朽之木，已然崩散成片片碎屑。

他緩緩仰天倒下。在他死去的最後一剎那，他心頭一聲喟嘆，他視野裡幻覺般躍出來唐青驚惶的面影，他向自己大聲呼叫著，卻在一片虛空中漸淡漸遠，消逝得無影無蹤……

丁千秋俯下身來，靜靜地看著死去的葉沉舸，就像看著另一個自己死去一般，目光裡溢滿了複複雜雜的感情。

也許，這便是惺惺相惜？丁千秋在心頭自言自語，卻終於大袖一拂，將胸中雜念一拂而去，只剩下一片冷漠與空白。

四、決鬥

蕭長風在聽到葉沉舸遇刺身亡的消息之時，當即悲慟得嘔血倒地。這一沉重打擊，頓時令這位江湖上叱吒風雲數十年的武林白道盟主一下變得蒼老了許多。

他忽然感到了死亡無聲無息的迫近，終於在一天清晨將溫白宇召到了後山密室談話。

看著溫白宇一臉的疑問，蕭長風悠悠地嘆了口氣，緩緩說道：「你葉師叔去了，我也老了。你和芙兒成親這麼久，我看你們也過得恩愛，心裡很高興。今天我召你來，是有一件事告訴你。」

溫白宇恭恭敬敬地說道：「請父親明示。」

蕭長風神色平靜，從懷中慢慢取出一本雪絲絹冊，託在手中，說道：「我想在明年年初退位。在這一年裡，我決定要把『天道盟』的鎮門奇功——『浴日神功』傳授給你，以便你屆時順利接任盟主之位。」

他頓了一頓，又道：「這本絹書上記載了『浴日神功』的心法真訣，你拿去修練吧！」

剎那間，溫白宇心頭為之波瀾乍起，狂喜之中又帶著幾分意外，意外之中又帶著一絲懷疑。等他明白過來這一切都是真的時，不覺之中，「浴日神功」心法祕笈已由蕭長風遞到了他手上。

他雙手捧著絹冊，「噗通」一聲，在蕭長風面前拜了下去。

兩行清淚，從他面頰兩邊無聲流下。

蕭長風的目光卻凝視在遠方，兀自說道：「溫兒也不必擔憂。老夫自會尋找合適時機與獨孤穹做個了斷，我不會把這個勁敵留給你的。」

夜色雖暗，卻掩不住那深沉的喘息和纏綿的呻吟。自第一個新婚之夜開始，溫白宇在和蕭芙解衣上床之時，他總會事先關嚴窗戶、吹滅燈燭和蕭芙在黑暗之中享受魚水之歡。

在這黑暗之中，白天裡那個溫文爾雅的「靈劍公子」已然變成了另一個人——一個如野獸般瘋狂而激情的人。雖然看不清他的面目，蕭芙卻能感到他整個身心的張揚與狂放！她初時有些奇怪，久而久之也就習慣了這一切，任由他縱情而為。

但今夜有些異樣。

蕭芙早已覺得全身都已酥軟如泥，溫白宇卻不知疲倦地一次又一次用洶湧的激情將她掀上高潮，似乎無休無止。這近乎狂野的動作在蕭芙記憶中有過兩次：第一次，是在狙殺薛天仇得手的那天晚上；第二次，是在得知葉沉舸遇刺身亡的那天晚上。今天不知道又發生了什麼事？他今夜的慾望如此強烈，那麼他今天遇到的事情也就越是重大。

她沒有問，只因她知道問也是徒勞。

不知過了多久，他的動作漸漸緩了下來。他忽然撥出一口長氣，徹底放鬆了自己，沉沉地壓在她身上一動不動。

「今天盟主把『浴日神功』心法傳給我了。」他懶懶的聲音打破了屋子裡的寂靜。

「祝賀你……」她實在太睏了，話還未說完，便沉沉睡去。

他卻依然覺得十分興奮。這件事的確是應該值得祝賀的。憑著他自身苦心孤詣修練而成的精純內力，在「天道盟」與「驚龍幫」兩大門派的極上乘內功心法的引導下，他的武學修為將會迅速登峰造極，實現成為「天下武林第一人」的理想亦是指日可待。而他在「天道盟」中隱忍潛伏的日子也總算熬出頭了。

唐青慢慢步入「無象寺」，看到一帆大師正坐在蒲團之上慢慢敲響木魚。

他面如死水，慢慢走近前去。

木魚的敲擊聲聲忽然停了下來，一帆大師頭也不回，緩緩說道：「你來了？」

唐青在他身畔的另一個蒲團上坐下，淡淡說道：「我來了。」

一帆大師忽道：「你今日心如枯木？」

唐青茫然答道：「我心如枯木？是了，我生命中最重要的一個親人死了。我很傷心。」

一帆大師問道：「葉施主？」

唐青點了點頭，道：「師父待我恩同親父，他如今遭奸人暗算而死，我豈能不傷心欲絕？想我唐青自幼孤苦無依，九歲之時忽被惡徒追殺，是師父出手救了我，授我武藝，教我經書，撫養我長大成人。那時，我便立志要做一個像師父一樣的白道奇俠，後來……師父將我忍痛送入『驚龍幫』當『臥底』，要我建立不世功勳……我也答應了……這八年來，混跡黑道，我始終外濁內清，不為所動，這一切，全是憑了師父當年教誨之功啊！如今眼看魔消道長，師父棄我而去，我怎不傷感？」

一帆大師靜靜聽來，許久方才長嘆一聲：「佛說：『我不入地獄，誰入地獄？』」然後，他又慢慢敲響了木魚，木魚聲篤定而沉實，一聲一聲，使唐青慢慢安下心來，閉目而坐。

他緊繃欲斷的心絃也慢慢在這沉靜而平和的木魚聲中，漸漸放鬆下來，他似乎已安睡過去了。

一帆大師蒼老的臉龐上掠過了一絲深切的悲憫。

「天道盟」盟主蕭長風向「驚龍幫」幫主獨孤穹下了一封提筆親寫的挑戰書，上面只有九個字：「十月十日金光頂決戰。」

獨孤穹的應戰書也回覆得很快，信上只有一個大字：「可！」

十月十日一早，溫白宇和蕭芙便陪同蕭白宇上了青州第一峰——綿山「金光頂」。在淡淡的晨霧中，他們看到獨孤穹、丁千秋、唐青的身影已在峰頂傲然而立。

獨孤穹還是那麼孤傲地站在曉風中。身為武林黑道第一高手，他身上那一股浩然霸氣似狂潮般撲人而來，令人不敢正視。溫白宇遠遠望著他的舉止風彩，忽然生出一股莫名的親切之感，胸中不禁心潮澎湃。

蕭長風一看到獨孤穹那熟悉的身影，頓時全身一震，所有的穴脈真氣都像被一下啟用了一般。多日來因傷感於葉沉舸遇害的陰鬱心情從他身上一掃而光。他一瞬間恢復了白道大俠的豪邁英挺之風。同時，他毅然邁步向前。

「父親……」蕭芙哽咽著呼喚了一聲。

他的身子立刻停了一停，卻並沒有迴轉過來。稍頃，他堅定地邁開了步伐走向了獨孤穹。

獨孤穹靜靜地看著蕭長風步步走近，揮了揮手，丁千秋和唐青立刻遠遠退了開去。

蕭長風走近獨孤穹身前，緩緩說道：「長江後浪推前浪，一代新人換舊人。我們都老了，我們之間的事該由我們自己來了結了！不用再給後人留下什麼遺憾吧？」

獨孤穹面色淡然，道：「我也是這麼想的。」說著，目光若無心似有意地往溫白宇這邊一掠。溫白宇感到他目光裡竟意蘊無窮，不禁微微低下了頭。

「請賜招吧！」蕭長風緩緩說道。

「很好。」獨孤穹臉色一變，緩緩舉足，繞著蕭長風開始走動起來。只見他一步一步擲地有聲，步履所及，石溶草枯，白煙蒸騰，盡化飛灰！

同時，他的雙掌慢慢舉了起來，全身膚色漸漸變得熾紅如炭，一縷縷淡淡的紅霧如同遊蛇一般奔繞而出，直向蕭長風身上緊緊纏來。

「赤冥魔功？」溫白宇和蕭芙一見，大吃一驚。只見蕭長風閉目而立，巍然如山，一動不動，若無其事。但他身上的衣袍卻由內向外不知不覺地緩緩鼓了起來，一層紫瑩瑩的光華似輕紗般透衣而出，如旭日朝暉般柔和明亮。

「浴日神功？」丁千秋看到這般異景，便知蕭長風已傾盡全力與獨孤幫主對敵，不禁為獨孤穹暗捏了一把冷汗。

果然，那一縷縷赤練蛇般的「赤冥罡氣」剛一觸近那一層淡紫色的光芒，便似碰上了一堵無形牆壁般停滯不動，難以向前推進一分一毫。

獨孤穹一見，猛地咬破舌尖，一口鮮血噴出，大喝一聲，雙掌奮力一推，催動「赤冥罡氣」如浪如潮洶湧向前。

蕭長風微閉的雙目也為之一睜，全身一震，那一層紫紗般的光華暴漲開來，一下便將那縷縷「赤冥罡氣」壓了下去！

只聽「噗噗噗」一串輕響，獨孤穹身上衣袍乍然片片震碎，四散飛去，同時他軀體之上根根青筋竟似一條條小蛇般突凸而起。

溫白宇目光一凝，循聲望去，果然見到他脊背上有一條張牙舞爪活靈活現的青龍紋身赫然入目！他心頭立時為之劇震！

這時，獨孤穹狂嘯一聲，雙掌一合，身形一縱，竟似化作一條赤龍般橫空飛出，直向巍然而立的蕭長風疾捲而去！

在眾人震驚的目光中，一直屹立如山的蕭長風終於動了！他身形一旋，整個人連同身上溢射出來的「浴日神功罡氣」如同化成了一輪紫瑩瑩的光球，凌空飛昇而起，朝著獨孤穹幻變而成的那條「赤龍」迎了上去！

剎那間，旁觀眾人只覺眼前一花，場中頓時氣浪四溢，每一個人都感到胸前如壓巨石，呼吸之際亦覺困難。卻聽「波」的一聲悶響，氣浪止住，塵土散盡，獨孤穹和蕭長風不知何時已落下地來對面而立四掌雙交凝然不動！

然後，憑空炸開「嘭」的一聲大爆響，似霹靂一般震得眾人心頭一顫。獨孤穹和蕭長風同時撤開雙掌，向後倒翻開去，跌出二丈餘遠。溫白宇和蕭芙飛身上前，一左一右扶起了蕭長風，卻見蕭長風臉色蒼白如雪，全息若斷若續，已是身負極重內傷。

那邊，丁千秋和唐青也扶起了獨孤穹。獨孤穹卻是滿面彤紅，紅得似欲滴出血來。

他微一調息，忽然用手指著蕭長風哈哈大笑：「蕭長風，只可笑你全力與我決鬥，以為我獨孤穹一死，『天道盟』便可乘勝而起！卻不知這天下武林終究會贏在我『驚龍幫』手裡，無論你怎樣費盡心力也無濟於事。」

笑聲未了，他人已緩緩倒下，竟是全身筋爆血溢而死。

蕭長風右掌一下緊緊握住了溫白宇的手，一雙虎目直盯著溫白宇，目光裡充滿無限期許，卻令溫白宇淚如雨下。他用盡最後勁力握了一握，一切盡在不言之中。溫白宇哽咽著點了點頭：「父親，我發誓一定滅了『驚龍幫』！」蕭長風臉上微微一笑，方才閉上雙目，安詳而逝。

五、梟雄

「黑風林」中，鴉雀無聲。溫白宇在林中曠地之上負手而立，神情沉鬱。

人影一閃，丁千秋已飛身降落在他身畔。溫白宇頭也不回，便似未曾見到他的到來一般。

丁千秋在看到溫白宇的一剎那，忽然覺得他一下像變了一個人似的，身上靜靜溢位的一股隱隱霸氣竟令他如同利刃在項，大氣也不敢多出。這隻乳虎終於成為武林中令人聞風色變的「百獸之王」了！丁千秋在心頭慨然一嘆，道：「恭賀少幫主成為武林白道至尊、『天道盟』新盟主！」

溫白宇此刻方才緩緩轉過身來，臉上毫無喜意。他慢慢開口說道：「應該恭賀獨孤老幫主『偷天換日』的妙計終於獲得了徹底成功。他臨死前說得沒錯——這天下武林終究還是贏在『驚龍幫』手裡。我實現了他的大志。」

丁千秋恭恭敬敬說道：「少幫主屈身忍辱，負重打拚，終於大功告成，可敬可佩。我們『驚龍幫』上下奉獨孤老幫主遺命，推尊你為新幫主。只不過，從此少幫主在明處則挾『天道盟』而大展雄圖，我們『驚龍幫』在暗中自會唯你馬首是瞻。」

溫白宇悠悠一嘆，忽然蹙眉，道：「我這件事在『驚龍幫』裡，還有誰會知道？」

「如今，這件事在幫裡只有我一個人知道。」丁千秋淡淡地說道：「少幫主，你無須害怕這件事會洩密。」

「你們『驚龍幫』一直有『天道盟』的臥底，我不能不防。」溫白宇沉思著說道，「那個和葉沉舸單線聯繫的奸細查出來了沒有？」

「目前還沒有。但我一定會盡力去辦好此事。」丁千秋感到溫白宇目光中那利劍一般的寒意，不禁冒出了一頭冷汗。

「那實在是辛苦丁堂主了。」溫白宇微微含笑說道，「丁堂主從前對我的大力支持，我永遠也忘記不了……這樣吧，我今天任命你為『驚龍幫』的代幫主，方便你日後在幫中放開手腳與我遙相呼應共謀大事！」

丁千秋一驚之下，囁囁地說道：「老夫怎……怎敢……」他話猶未了，猝然間，一道森森白光如霜似雪般劃空飛起，在他眼前倏然一亮，竟將他鬚眉之間映得一片慘白！

然後，丁千秋便似一片枯葉般輕飄飄飛退而起，在溫白宇身前四丈開外落下地來！

他一手直指溫白宇，一手捂住腰際，臉上表情顯得痛苦之極。絲絲縷縷的鮮血從他捂著腰間的指縫間沁沁而出，將他的衣衫染得一片殷紅。

溫白宇卻依然是一臉的輕鬆，玉樹臨風般卓然而立。只不過，不知何時，他腰間的「豐泉劍」竟已出鞘，握在他手中，閃動著秋水一般的瑩瑩光芒。

「你為什麼……」丁千秋有些不相信自己的眼睛。

「你想知道嗎？我告訴你：『驚龍幫』的氣數已盡，在江湖中再也不可能復興了。而『天道盟』卻將如日中天，光耀武林！天上只能有一個太陽，再凶猛的老虎也只能占據一個山頭。除了『天道盟』，我再也不需要別的什麼『安身立命』之處了！」溫白宇的語氣寒冷如他劍鋒上雪白的光芒，「所以，就讓『驚龍幫』所有的一切從這個武林中永遠徹底地消失吧！而你，也別怪我的心狠手辣……」

丁千秋怔怔地看著他，久久不語。突然，他仰天大笑起來，笑得眼淚都流了出來：「不錯，不錯，我早該想到的：一將功成萬骨枯，總有一天你會用我們的頭顱和鮮血來奠定你獨霸武林的基業的。本就該如此的。也用不著你動手，待會兒我自會了斷。」

然後，他驀然面色一正，冷冷逼視著溫白宇，一字一句提高了嗓音緩緩說道：「不過，我相信你永遠也忘不了：無論你將來變得多麼聲名顯赫，也無論你將來活得多麼冠冕堂皇，但你始終是從『驚龍幫』中走出來的最大的黑道高手，你的整個身心已烙上了邪派的烙印……今天你擺脫不了利用黑道手法來攫取權力，將來你同樣也擺脫不了利用黑道手法來操縱權力……你永遠屬於我們黑道中人，這個事實你永遠也抹不去的……」

說完，丁千秋口中一股血雨狂噴而出，紛紛揚揚，在林中飄灑開去。

溫白宇身形急忙掠開。饒是如此，他那潔白無瑕的衣衫之上仍被濺上了幾點血跡。那血跡看來竟似罌粟花般殷紅。

丁千秋人已仰天倒下。溫白宇慢慢走近了他的屍體，用一種奇怪的目光看著他。他臉頰兩側有淚緩緩流下：「你總說獨孤穹是我的父親，我卻不這麼認為……我覺得你才是我真正的父親……你一心要讓我成為一個梟雄……我做到了……『梟雄』、『梟雄』，是梟獍之雄啊！我活著，便是用別人的犧牲來換取自己的成功；你活著，便是自己的犧牲去成就別人的功業……殺了你，我不知道自己這樣做得對不對，但似乎只有你死了，我才會心安……」

窗口瀉進來的月光明亮如銀，臥室裡的一切清晰可見。

不知從什麼時候開始，溫白宇解衣上床之前已不再關窗熄燭了。

此刻，他正伏在蕭芙身上恬恬入睡。

蕭芙從沁人的涼意中睡來，她慢慢扯過緞被，準備給自己和丈夫蓋上。

突然，月光之下，一片淡淡的青影令她眼神一亮——這片青影是溫白宇脊背之上浮現出來的。

她好奇心起，不禁湊近一看——在溫白宇那寬闊結實的脊背上竟赫然紋著一條栩栩如生翻捲盤旋姿態靈動的青龍！

一瞬間，蕭芙心頭掠過一絲似曾相識的感覺！她以前也模模糊糊看到過這青影，但今夜這青影卻莫名其妙地讓她感到有些刺眼。

她忽然憶起了那日金光頂上和父親比拚內力以致衣衫盡碎的獨孤穹！當時獨孤穹上身赤裸，最刺眼的便是他脊背上那一條青龍！那條和眼前溫白宇背上一模一樣的青龍！

聰慧如她，頓時對一切都已明白過來。

她心頭一硬，玉手一揚，五指齊張，剎那間便似銳利尖刀一般向溫白宇後心直插下去！

——正在這時，溫白宇卻翻了翻身，那俊朗清秀的面龐帶著深入夢鄉的淺笑呈現在她眼下。

一睹及此，蕭芙心中一酸，淚如珠落，右手五指卻是再也插不下去。

淚珠滴落在溫白宇臉龐上，涼意激醒了他。他雙目一睜，見蕭芙這般情景，頓時明白過來，悠悠道：「你可是看到我背上紋身了？」

蕭芙垂淚無言。

溫白宇凝視著她，久久方才開口道：「這麼看來，我的來歷你大概也知道了？」

「你……你……」蕭芙含淚問道：「你為什麼會是……」

溫白宇緩緩說道：「不錯，我是獨孤穹的兒子。你可知道秦王嬴政的故事？他本是一介奸商呂不韋之子，卻憑著罕見的機緣和深沉的計謀一步一步登上了天子之位，成為掃平六國、威蓋天下的一代雄主。你說，我又怎麼不可以成為第二個嬴政呢？將來，中原武林歷史終有一頁會因我溫白宇的存在而大放異彩！」

「我不管你想當什麼嬴政、霸主……」蕭芙在朦朧的淚光中慢慢問道：「我只想問你，你與我結婚三年，你可曾真正愛過我？」

溫白宇的臉色一下僵住了。良久，他才答道：「妳是我這一生中唯一真心愛過的人。」

蕭芙雙眸中的淚光頓時晶亮非常。她緩緩點了點頭：「既是如此，我死也無憾了……」

說著，蕭芙那秀美絕倫的軀體猝然便失去了生命的光澤，宛若一朵綺麗的鮮花無聲地枯萎了。

溫白宇緊緊摟住了她，淚流滿面。這個結果，他在蕭芙問話之時便已知道。她終究還是自絕心脈而死，只因她根本無法說服自己與他這樣一個騙了自己、騙了父親、騙了整個武林的人一起生活下去。

溫白宇悲嘯一聲，神情似月光下仰天長嗥的狼一般淒厲。

自從丁千秋被人刺死於「黑風林」之後，『驚龍幫』就陷入了四分五裂的狀態。用不著「天道盟」發動攻擊，它很快就自行瓦解了。

唐青在丁千秋死後就離開了『驚龍幫』。他這才發覺，自己獲得解脫之後所能投身的卻只能是「無象寺」。葉沉舸已死，「天道盟」又憑什麼相信他、接納他呢？

於是，唐青便和一帆大師在寺裡過起了世外桃源的生活。一帆大師常說：入寺是修行，離寺也是修行；入世是修行，避世也是修行；入白道是修行，進黑道又何嘗不可修行？帶上一顆虔誠修行的心，無往不是樂土，而自己亦時時便是善人。唐青聽來甚有心得，只覺佛道無邊，實是無所不包。

這天早上，葉沉舸又和往常一樣與一帆大師談經論禪。忽聽得「撲楞楞」一陣聲響，一隻黑鴿飛落在寺廟門口處「咕咕」直叫。

唐青聽著這鴿鳴之聲，全身顫抖了一下。緩緩回過頭來，果然是葉沉舸平日裡用來與自己傳書聯繫的那隻名為「鷹兒」的黑鴿。

一帆大師看在了眼裡，微微一嘆，卻不開口說話。

終於，唐青還是站起身來，走到門口處，伸手托起了「鷹兒」。「鷹兒」的腳爪上繫著的那一卷細細的紙筒很快便被他捻到了手心裡。

唐青屏住了呼吸，慢慢開啟了細紙筒，上面用一種飄逸如雲的字型寫著：「明日申時，青陽城東，『黑風林』中，不見不散。」

他心中一下沸騰起來，卻顯得面色如常，慢慢捻碎了這張紙條，一直將它捻成了粉末。他想，這個隱在「天道盟」裡深藏不露的奸人，終於還是找上門來了。

忽然，一個蒼老的聲音彷彿從天際傳來：「唐施主，你心頭的戾氣又濃了幾分……」

唐青轉過身來，看到了一帆大師充滿了悲憫之色的臉龐。他咬了咬牙，向大師一頭拜倒，道：「大師請保重，弟子告辭了。」

靜靜地看著唐青，一帆大師開口道：「施主真的要走？」

唐青無言地點了點頭。

「『驚龍幫』已滅，你殺了他又如何？你不殺他又將如何？」一帆大師悠悠道，「由他去吧！善惡到頭終有報，何須與他計較？」

「我若不殺他，他豈不是永遠逍遙法外？」唐青緩緩說道，「而且，我太想知道他究竟是誰了！」

一帆大師輕輕一嘆，垂眉合目，不再言語。

唐青叩了幾個頭後，起身昂然而去。

「原來是你？」當唐青在「黑風林」中看到竟是「天道盟」的新任盟主溫白宇正等著他時，不禁大吃一驚。

「不錯，本就是我。」溫白宇深深地看著他，「我相信用葉沉舸平日與你聯繫的信鴿一定會引你出來。看來，這一次我又算對了。」

「卿本佳人，奈何為奸？」唐青愕然不已。

「我本非佳人，何事不可為？」溫白宇悠悠道，「你可知道，我本是獨孤穹之子？」

然後，他仰起頭來，望向蒼茫的天空，不再言語。

唐青心頭又是一陣狂震。

就在這時，溫白宇出手了！他手中「豐泉劍」一揮，一道白練似的劍氣「唰」地一聲直射而出，便如長虹經天一般向唐青橫空劈到！

唐青大喝一聲，「碧月刀」已化作一弧瑩瑩碧光破空而起，向那道劍氣硬碰上去！「錚」的一聲，只見得那一弧碧光被白練似的劍氣一衝，立刻散了開來！然後，溫白宇遠遠隔空一掌推出，唐青頓覺心口一窒，整個身軀便倒飛出去四五丈外！

但他那散射開來的「碧月刀」碎屑仍有一、二小截飛去劃破了溫白宇的胸衣，卻被他那籠罩全身的護體罡氣震彈而落。

溫白宇遠遠看著唐青，臉上露出了一絲陰冷笑意。唐青掙扎著爬起身來，往胸口處一看，只見衣衫早已碎開一幅，當中赫然現有一隻淡青色的掌印！掌印所在之處，他的胸肌已深深塌了下去！

唐青剎那間只覺全身綿軟無力，只想倒將下去。他猛一咬牙，用刀鞘拄地，撐住了自己身子。

見此情形，溫白宇不得不佩服唐青的堅強。但他卻是微微一笑，輕輕搖了搖頭。因此他目前的武學造詣，已遠遠勝過了獨孤穹與蕭長風，唐青自然是絲毫沒被他放在眼裡。這也是他勇於面對唐青的原因。他的臉現在已貼近了唐青，他知道唐青已經是沒有一點兒進擊的能力了。唐青現在站著，完全是憑最後一股毅力在支撐著。

雖然擊敗唐青未費吹灰之力，但他的刀屑劃破了溫白宇的胸衣，卻仍是一絲瑕疵。他一直佩在胸前的那塊花紋石雕成的護身符從胸衣裂口處垂了下來，在唐青眼前一晃一晃的。

唐青的目光在那塊護身石符上一停，立刻定住了不再移動。溫白宇注意到了他的眼神，看了看胸前的護身石符，這是他當年在青陽城街頭當「乞丐頭兒」時，摯友小石送給他的。小石在那場大屠殺中將他推入糞池，救了他一命。他後來回到小乞丐們遇害的地方想看一看他們的遺容，卻不料那裡早被燒成了一片灰燼，一個全屍也未留下。為了懷念小石，他便將這塊花紋石雕成的護身符戴在了胸前，從不離身。

唐青久久地看著那塊護身石符，目光裡湧起了複雜的感情。溫白宇有些驚詫。突然，唐青一抬頭，咬緊了牙關一字一句開口了：「不過，你終究還是輸了。」溫白宇哈哈大笑：「我怎地輸了？也許你這時覺得我很不光彩……但今天只要你一死，就永遠沒有人知道我的過去了。明年我替你掃墓的時候，將是以一個名垂青史的武林白道盟主身分而來……」

「可惜，你從一開始就錯了，也就從一開始就輸了……」唐青看著他，雙眸中竟泛起了點點淚光。

溫白宇突然從心底深處感到一種不祥之兆，一種莫名的恐慌攫住了他的心。

唐青驀然忍痛大喊一聲：「葉三！」

溫白宇全身一震，雙目一下精光大盛。「葉三」這個名字聽來十分遙遠，但卻很熟悉。——那是他當青陽城布衣巷的「小乞丐頭兒」時的名字。

「我是小石啊！」唐青又緩緩說道，用手指了指他胸前那塊花紋石護身符，「這個還是我送給你的。」

溫白宇吃驚地看著唐青，想像著他兒時的面容，急忙和自己記憶中的小石印象進行對照考核——唐青，你便是那個冒死將我推入糞池避難的那個小乞丐小石麼？

「你以為你真的是獨孤穹的兒子嗎？你也不過是他們手中一顆棋子罷了！」唐青又冷冷靜靜地說道，「我曾親眼看到他們把你點昏後脫去了衣衫，在你背上紋了一條青龍……好像……好像還在你腳心底下刺了字……做完這一切後，我們的兄弟全被殺了，只有我活了下來……」

「你胡說！」

「我沒有胡說！獨孤穹在早年修練『赤冥魔功』時便因走火入魔而揮刀自宮方才逃過大劫……他又怎麼會有你這個兒子？」唐青哈哈大笑，「這在『驚龍幫』裡算是一大祕密，你自然是不知道了……」

「那他們為什麼不殺你滅口？」溫白宇厲聲問道。

「丁千秋說我像極了他那死於仇家追殺之中的獨生兒子，他保下了我。這就是他們沒殺我的原因。也是我一直隱伏在『驚龍幫』而從不被別人懷疑的原因。」

「原來如此！」溫白宇眼神裡一片茫然。唐青的每一個字、每一句話，都如千斤重錘一般沉沉擊在他心口上。他的背心上冷汗直冒，立刻溼透了衣衫。

「不……不可能……」溫白宇喃喃地自語道，「我原來不是那魔頭的孽種……我原來就是我自己……」

「葉三，你好自為之吧！」唐青慢慢地彎下腰去，陽光透過薄霧照在他背上。他的背心微聳，就像一隻隨時都會竄起的獵豹。但聽「噗」的一聲輕響，他的背上突出了一截鞘尖，珠光閃爍，竟無一絲血漬。唐青死了，他用自己的刀鞘刺胸而死。

溫白宇走過來，捧起了唐青英俊而滄桑的臉，就像捧起了一件自己失落已久的珍寶。他看了許久，淚如泉湧：「好兄弟，為什麼你不早些告訴我……我想念你已很久了……」

突然，他又像瘋了似的一下推開唐青，有些驚惶地自言自語：「不……不行……我回不了頭了！我千辛萬苦打拚到今天這一步，我……我不可能再回到從前那一切去了……我回不去了……什麼出身也好，什麼黑道也好，什麼修練魔功也好，我現在已經是『天道盟』盟主了，這一切對我來說都不重要了……我要重新開始……我要繼續努力……」

然後，他深深吸了一口長氣，正視著唐青那凝固了太多的沉默的面龐，緩緩說道：「至於你，我會還你一個名份的。你死後，我會追認你為『天道盟』第一大功臣。你可以安心地去了。」

說完，他臉上重新恢復了一種冷冷的威嚴肅殺之氣，慢慢站起身來。這時，他又成了那位君臨天下、威震八方的武林盟主。他就那麼靜靜地站在那裡，緩緩的抬起頭來望著那高遠而蒼茫的天穹，努力地望向那天穹的盡頭，彷彿只想把這一切徹徹底底地看穿。不知不覺中，一縷淚光從他腮邊無聲地滑落，沉沉地葬入了大地深處。

「放下吧！」一個蒼勁的聲音憑空傳來，縈繞在他耳畔，「溫施主，把這一切都放下了吧！……」

溫白宇愕然回頭，只見一個鬚眉皆白的老僧在自己身後悄然而立。以溫白宇如今武學修為之高，百步之外風吹草動便能輕輕巧巧聽音辨位，而他竟絲毫未曾發覺這個容顏枯槁的老僧是如何走近身來的。

正在他疑慮之際，那老僧已是緩步走到唐青的屍體身邊，垂目合十，喃喃唸道：「阿彌陀佛，唐少施主求仁得仁，身歸極樂，終得解脫，又何憾哉？」然而，話雖如此，他兩邊眉梢卻是靜靜的掛上了一滴銀亮的淚珠。

溫白宇見狀，目光一寒，殺機頓生，默一運勁，收回鞘中的「豐泉劍」竟似活了一般自動彈射而起，化作白濛濛一道飛虹，「唰」的一響，向那老僧攔腰斬到！

卻見那老僧宣了一聲佛號，微微搖頭，身形不躲不閃，坦然迎上了這利劍的攔腰一斬。那一劍便如劃過了一層輕紗般從他腰間平平削過，恰似抽刀斷水水自流，老僧明明已腰中利劍，身上卻無一絲傷痕，一切如常，彷彿什麼事也未曾發生過。溫白宇簡直以為自己那銳不可當的一劍是在夢中削出一般！

「你是誰？」溫白宇大驚，他感覺到了這老僧的高深莫測。

「老衲未避世之前的名號叫『韋一帆』。」老僧雙掌合十，淡淡說道。

「韋一帆？」溫白宇額上沁出了一層細細的冷汗。這二百年來，對天下武林而言，「韋一帆」這個名字所代表的一切幾乎是一座仰不可及的奇峰絕頂。傳說他本是一介布衣，卻憑著自己的天縱英才與蓋世神功，將天下武林黑白兩道的所有勢力全部收攬為一，建立了有史以來江湖上最龐大的幫派——「黑白教」，威權之盛，縱是歷代帝王也無出其右。但是，這個韋一帆後來偏偏在自己武功、權勢、名譽和財富都達到巔峰之際，卻把自己殫精竭慮打拚出來的一切盡行拋下，解散了「黑白教」，然後便似流星一閃般從這個江湖中神祕地退隱了。但他的影響是深遠的，後來崛起於江湖的「天道盟」盟主蕭長風、「驚龍幫」幫主獨孤穹無一不是以他為榜樣而躡跡行之。

溫白宇定了定心神，肅然道：「您是我一生中最敬佩的人。我知道關於您的每一個傳說。」

老僧無語。

「我最敬佩您的地方，是您能真正戰勝自己。」溫白宇又道，「這個世界上，最難做到的，並不是獨霸天下，而是戰勝自己。戰勝了自己，也就戰勝了一切。古往今來，唯有屈指可數的幾位大聖大賢可以做到，您堪稱其中之一。而我……」他說到此處，語氣突然微微一滯，慢慢搖了搖頭，苦苦一笑：「我……我就怎麼也做不到……」

「施主果然有慧根。」老僧慢慢睜開雙目，眸中神光逼人，竟令溫白宇難以正視。同時，他緩緩開口說道，「其實，施主也完全可以戰勝自己。」

溫白宇聽得此言，心神驀地一蕩，以氣馭行的「豐泉劍」平空落地，「當」的一響，他喃喃地說道：「我……我也能戰勝自己嗎？」

「老衲當年既能，施主今日又為何不能？」老僧似拈花含笑輕輕說道，「老僧堅信，施主一定能真正戰勝自己。」

溫白宇神色茫然，目光迷離，不知道自己腳下路往何方。

玉人劍

引子

颼颼的晚風裡，一隻灰鴿破空飛來，掠過樹梢，「撲楞楞」一陣聲響，在石室的窗臺上停了下來，斂翅而立。

一隻青筋暴突如小蛇般的手慢慢伸了過來，在斜陽餘輝照耀之下，凸出一種剛硬沉勁的線條和力度來，給人的感覺十分深刻。這隻手托起了灰鴿，灰鴿溫馴地在手心上站著，拍著翅膀「咕咕」直叫。

它淡黃色的腳爪上繫著捲成細細一筒的信函。那隻手的食中二指輕輕一捻，信函便到了手心裡。

站在窗臺前的那人捻著這筒信函，似是陷入了沉思。「撲楞楞」一陣聲響，灰鴿雙翅一展，飛向了窗外。他看著遠遠飛去的灰鴿，悠悠嘆了口氣，然後慢慢展開了那筒信函。

信上的字寫得剛勁非凡，力透紙背：「山陽鎮，望仙樓，奪『玉人劍』，破『天煞魔功』。」

那人慢慢仰起臉來，看著窗外原野盡頭那一輪臨近西山的落日，燦爛的斜暉照在他的面龐上——這是一張非常英俊的面龐，一張石雕般冷峭清毅的面龐，劍眉入鬢，星眸生輝，顧盼之間，凌凌的英氣如冰刃般沁人而來。

他慢慢將信紙捏在掌心裡，神色裡竟有幾分說不出的落寞。

一聲長嘯，清越入雲，他一揚手，掌中的信函剎那間碎為粉屑飛散在習習的晚風中。

一、奪劍

山陽鎮是寧州府一座普通的小鎮，幾乎沒什麼名氣。而望仙樓便是山陽鎮中唯一值得來往遊客稱道的地方。它是山陽鎮最豪華、最壯觀的一座客棧。

望仙樓宛若鶴立雞群般位於山陽鎮中央，在周圍一片平房的簇擁中顯得十分巍峨，站在樓的頂層便可將山陽鎮四面情形盡皆收入眼底。此樓的建築工藝頗為精麗，雕梁畫棟，黃磚赤瓦，甚是鮮亮。相傳三百年前，唐朝奇士呂重陽曾到此一遊，夜宿此樓，次日一覺醒來，竟在樓中羽化登仙，跨鶴而去。眾人登樓欲睹奇士仙蹤，只見得鶴影飄緲，隱入雲端，便將此樓稱為「望仙樓」。

白衫青年岳風在這樓中飲茶時，聽到酒客們談起這個「望仙樓」的傳說，不禁「噗哧」一笑，險些將茶噴了出來。這傳說大概是這樓主根據鄂州「黃鶴樓」的故事照搬過來編出去的，這麼做也無非是為本樓打打「金字招牌」，多招攬些遊客罷了。一笑之餘，他卻不能不承認這幾日樓中的遊客確實是出奇地多了起來。而且，這些遊客來路都很雜，有錦衣華服的翩翩公子，有凶神惡煞的彪形大漢，有羽衣飄舉的清虛道士，有肥頭大耳的光頭僧人，有佩刀帶劍的窈窕女子，有使棍舞棒的江湖好漢……似乎一夜之間，三教九流的人物都來到了山陽鎮，聚到了「望仙樓」。

岳風江並不理會這些，依然悠閒自在地坐在第二層酒樓西邊靠窗的一張方桌前飲茶觀景，像一個普通茶客那樣，平平淡淡地打發著自己的日子。

卻聽他鄰桌一群粗獷漢在高聲談道：「你們知道？這『望仙樓』裡來了一個大美女！」

「什麼大美女？」

「哎！你知道這麼多老老少少聚到這裡幹什麼？就是要一睹這大美女的芳容嘛！」

「什麼大美女嘛？究竟是誰啊？」

「玉女宮宮主啊！」

「哦……」

一陣淫邪而放肆的笑聲掩住了他們下面那些不堪入耳的髒話。

岳風皺了皺眉頭，撣了撣衣衫，長身而起，往第三層樓上走了上去。這裡太吵亂，他啜茶觀景的悠閒興致全被破壞了。剛踏上第三樓的樓板，他便聽到下面忽然響起了一個陰沉沉的聲音：「這樓裡不相干的人，都給我統滾出去。」

這聲音不大，但卻挾著一股淩厲的殺氣。第二層樓裡一下得鴉雀無聲，死一般的寂靜。那鬧得最響的幾個粗獷大漢的聲音也倏然消失了。

岳風慢慢站住了，他認真辨聽著樓下的動靜。

可是，在這令人窒息的沉寂裡，他沒有聽出什麼來。因為，樓下根本就像什麼事也沒發一樣。他當然也未看到，樓下說話的那人只是伸出了一雙膚色紅得滴血的手掌——這手掌上彷彿沾滿了無數人的鮮血，在陽光照射之下顯出一種極可怖的詭祕色彩。同時，一股濃濃的血腥之氣從他的掌心裡蔓布開來，充溢在第二層酒樓的空間裡，令人作嘔。

當岳風嗅到一絲溢上來的血腥之氣，忽然明白了——「天魔血手」！他明白過來時，樓下其他人已走得乾乾淨淨——「玉女宮」宮主雖美，但畢竟不及自己的性命要緊，而江湖之中盛傳「天魔血手」之下從無活口！

只有岳風將一個氣宇軒昂的背影留在樓梯口處，也留在「天魔血手」的眼簾裡。

「你這小子竟……」

那陰沉的聲音挾著濃濃的殺氣忽又傳來，幾乎已逼到他頸後。岳風頭也不回，緩緩說道：「薛千里，我是這樓裡相干的人，你應該知道的。」薛千里就是「天魔血手」的真名。

一陣獰笑在他背後響起：「不錯，他們是不相干的人，你不是。岳二公子，請自便。」

岳風悠悠地說道：「你明白了這一點，自然是最好。」

樓下那人望著他腰間的佩劍，帶著懼意的目光裡又流露出幾分不甘。

入夜，長空如洗，月明如玉。

岳風獨自一人踏著月色往望仙樓頂漫步登去。他輕輕地走著，忽聞第六樓的一間小閣裡靜靜流出悅耳琴聲，不禁駐足傾聽。這琴聲恬淡優雅，聽奏乃是一曲《清流雲澗》。

岳風暗想，這大概便是使那些武林雜客慕名而來的「玉女宮主」了。他心念一轉，往琴聲響起的那間小閣緩步而去。

小閣清晰在望，遠遠可見窗紗之上映出來一個窈窕身影，似是正在撫琴。

待得走近窗前，琴聲淙淙，漸入佳境。他不禁聽得心曠神怡，拊掌微微嘆道：「妙極！」

卻聞悠悠一聲長嘆，閣室小門忽爾無風自開，一個清清純純的聲音輕輕送了出來：「佳客在外，小女子失迎，還望見諒。」

岳風聽罷向閣門內看去，見閣室前廳一位少女正按琴席坐。她面罩紫紗，長髮垂腰，手指細長如蔥管，膚色如玉，在閣中紅燭掩映之下極呈妍態。她舉目望來，眼波瑩瑩，竟令岳風心中泛起微微波動：「妙在何處？」

他清咳一聲，微一凝神，道：「拋開琴韻之清淳秀逸不談，單就這琴聲節律而言，已是妙不可言。它妙就妙在這琴聲節律自由輕靈，奔放自如，令人心如流水奔騰不息，聽來實是動人心絃，岳某極為佩服。」

少女撫琴絃之上的手指忽然一凝，眼神慢慢的亮了起來，輕輕說道：「公子謬讚了。公子請進。」

岳風大大方方進閣坐下，忽道：「姑娘琴聲之隱隱含有劍意，莫非姑娘也是習劍之人？」

蒙面女子沉思片刻，緩緩道：「公子如何識得？」

「劍者，天地靈氣之所聚也；劍道者，萬物至理之所化也。我愛劍，如李白之嗜酒，蘇軾之好文，伯牙之樂琴也。」岳風緩緩說道，「瀑水中有劍意，我能知之，只因我愛劍；松濤中有劍意，我能知之，只因我愛劍；琴聲中有劍意，也只因我愛劍罷了！」

「哦?」蒙面女子一雙妙目在岳風身上一轉，忽然問道：「公子既自稱岳某，又自稱此愛劍，不知可否識得江湖上人稱『魔劍浪子』的岳風岳少俠?」

岳風靜靜地說道：「『少俠』不敢當，『愛劍入魔，流浪江湖』，倒正符合我的秉性。不錯，『魔劍浪子』岳風正是區區在下。」

蒙面女子柳眉一揚，有些驚喜：「素聞公子劍術精妙，天下無雙，小女子仰慕已久。不知公子可否一施劍法以賜小女子一覽?」

岳風淡淡一笑，道：「顧愷之的女史箴圖姿態玲瓏，氣脈流轉，頗得劍氣真意。從那幅圖中，岳某悟出一套劍法，願施展出來贈給姑娘觀賞。」

說罷，他緩緩拔出鞘中寶劍，但見三尺青鋒流光如水，森森寒氣逼人眉睫。「颯」的一聲，蒙面女子眼前劍光一漾，燦然奪目，岳風已在閣室之中揮劍起舞。

只見劍光如虹，夭矯靈動，忽爾散開來似花雨繽紛令人目眩神迷，忽爾聚攏來若玉樹臨風令人嘆為觀止;劍意剛矯處勝似龍騰九霄，劍竟柔婉處有若鳳翔天際，變幻無窮，絢麗已極。猝然一聲清吟，劍光瀉地，岳風撫劍而立，氣定神閒，淡淡含笑，瀟灑俊逸之態令人心折。

那蒙面女子已是看得痴了，迷了，呆了。在這驚鴻一瞥而又絢爛至極的劍法中，她似已覺出了無窮的妙趣與深意，她亦沉浸在這至剛至柔至清至美融於一心的劍意中一時無力自拔了。

許久，閣室後廳懸掛著的那幅珠簾後一個蒼老而沉凝的聲音緩緩響起，打破閣中潭水一般的沉靜：「好劍，好人，劍術不錯，心術也不壞。」

這句話是岳風到目前為止聽到的最奇怪的讚語之一。這讚語評人亦評劍，評德亦評術，實在來得有些突兀。他看到，對面坐著的那蒙面女子身軀微微顫抖，竟似有些心潮起伏，不能自已。

不知怎的，他的心頭也湧起了一陣狂潮。狂潮之後，一絲驚愕浮上他心頭——想不到這閣室裡居然還藏有一人！以他那般敏銳的耳力，百步之外便可聽清別人呼吸之聲，可是卻在這小小閣室裡竟未曾覺出絲毫異常動靜來，豈非咄咄怪事？

那個蒼老的聲音一停，又緩緩說道：「公子畫中悟劍，劍中入畫，劍畫合一，妙不可言，實乃天下絕品。不過，顧愷之的女史箴圖老身也曾看過，剛勁中蘊柔美，圓融中含沉雄，乃是其筆法之精髓。可惜，岳公子劍中孤峻卓絕之氣濃於秀逸淡雅之韻，二者未能中和，不免白璧微瑕。」

岳風一聽，心中大驚，收劍回鞘，整衫肅容，恭恭敬敬地說道：「原來這閣中另有高人，小生在此獻醜了。」

蒙面女子幽然道：「公子不必多禮，簾後乃是女子的祖母，身患惡疾數年，今天見到公子劍法，實在是深覺其妙，方才出口稱讚。平日裡，她對任何身外之事是不聞不問，漠然不理的。」

卻聽「呼」的一聲，那珠簾無風自動捲了起來。後廳內一張大床之上，躺著一位白髮如銀面色枯黃的龍鍾老嫗。她雙目精芒四射，灼灼逼人，正靜靜地看著他。

「近日這樓裡來了不少妖邪鬼魅，鬧得烏煙瘴氣，老身甚是鬱悶。今晚得見岳公子這套劍法，老身只覺耳目一新，胸中濁氣為之一空，倍感心清神爽。老身在此謝過了！」那老嫗在床上緩緩開口說道。

正在這時，樓下不知何處竟有一縷極尖極細極刺耳的厲嘯透過一層層厚厚的樓板直傳上來，令人聽了耳鳴心跳，難受至極！

「何方妖魅？膽敢在此裝神弄鬼？」岳風冷聲叱道，他一字一句清朗異常，聲聲叩心，無形之中已將那縷鬼哭狼嗥的尖嘯之聲震散化解。

一陣震耳欲聾的狂笑隨即響起，岳風靜靜地聽著，辨出這是「天魔血手」薛千里的聲音。蒙面女子和那老嫗面對這厲嘯、狂笑，亦是面沉如水，一言不發。

笑聲過後，只聽薛千里緩緩說道：「蕭宮主，岳二公子，我『天地盟』在此請求開門一見，多承指教。」

「這些狂徒！」那白髮老嫗在床上坐起身來恨恨地說道，「卑鄙無恥，醜惡之極！」

岳風不知她為何對薛千里之流這般厭惡，詫異之間即聽那蒙面女子輕輕道：「岳公子，這些『天地盟』敗類在兩個月前，乘我祖母閉關修練之際，欺宮中無人，偷襲了我『玉女宮』……我『玉女宮』上上下下二百零八名門人均遭毒手，害得我祖母也在盛怒之下運氣走岔導致走火入魔半身不遂……所以，我祖母聽到她們聲音，便忍不住發怒！」

岳風暗暗嘆了口氣，道：「原來這位前輩是『玉女宮』宮主蕭太君……失敬失敬……」「玉女宮」宮主蕭太君三十年前已名震江湖，傳說她練成「玉女宮」鎮宮絕學「玉人劍」，豈能不令人聞名動容？

蕭太君揮了揮手，神色似已漸漸平靜下來。半響，她才慢慢開口說道：「岳公子，這是我孫女白小憐。憐兒自幼父母雙亡，一生命苦，今日我們在此又遭強敵……唉，一切聽天由命，搏一搏吧！」

不知怎的，岳風目光一瞥，見到蒙面子白小憐那楚楚可憐的眼神，心頭一熱，慨然道：「蕭前輩勿憂。小生雖是與二位邂逅相逢，但碰到這恃強凌弱之事，晚輩一向痛恨得很，絕不會袖手旁觀的。」

蕭太君微微點頭，沉吟片刻道：「薛千里之流醜類，尚不在老身眼裡。老身所懼者，乃是『天地盟』盟主司馬長雲，傳說他已練成『天煞魔功』，倒是一個極難對付的敵手啊！」

正說之間，忽聽得漫地『嗞嗞』之聲大作，一條條色彩斑斕的毒蛇、一隻隻猙獰可怖的巨蠍、一排排黑身黃足的蜈蚣……已似狂潮般從閣門處一湧而入，席捲過來！

白小憐一見，驚得失聲而呼，花容失色！

「嗆」然一聲清吟，卻見岳風腰間一脈青光應手一瀉而出，青鋒劍在他手中一旋，劍尖已插入了樓板——「轟」的一聲，千絲萬縷的無形劍氣如電流般沿著樓板之上橫掃開去。那狂湧而來的毒蟲蛇豸剎那間便似投身劍海，在一片「嚓嚓」之聲中盡皆身首異處！

「好精純的隔物傳功之術！」蕭太君雖是武功卓異，目高於頂，見了岳風這一招，也不禁脫口讚了一聲。

她話音剛落，只聽得風聲呼呼，閣室內忽然亮光大作，竟有百十個碗口般大小的黑鐵球，帶著熊熊烈火破窗而入！

「霹靂彈？」蕭太君眉頭一皺，隨即伸出枯瘦的右手，五指齊彈，「嘶嘶」之聲四起，如箭嘯破空，那百十個黑鐵球在一瞬之間竟被全部懸空反彈回去！

原來她彈指之間，便有一脈脈氣箭激射而出，剛中帶柔，韌勁綿綿，借力打力，將那些黑鐵球悉數彈回！

一招之間，已顯她非凡功力！令岳風一見為之嘆服！

卻見那些「霹靂彈」剛被彈出窗外，便「轟轟隆隆」爆成一片，在火雨紛飛中驚起樓下人聲鼎沸。

蕭太君躺在床上，看著這窗外火雨紛飛的景象，深深嘆道：「看來『天地盟』此番前來，對我們的『玉人劍』是志在必得，什麼花招都用上了……」

她的話還未說完，閣室的木門「砰」的一聲陡然破開了，同時門口處幽靈般出現了兩個人：一個便是「天魔血手」薛千里，一襲黑袍，雙手攏在袖裡，面目猥瑣，便像地獄之中逃出的醜鬼般令人噁心；另一個卻是羽衣星冠、白髮飄飄的老道，慈眉善目，面帶笑意，舉止之間逸氣凌人「靈機散人？」蕭太君一愕，目光冷冷的看向那老道，「想不到你也加入了『天地盟』？」

岳風聞言一驚，這靈機散人二十二年前獨步江南、威震中原時，他才五歲吶！這樣的武林名宿也被「天地盟」網羅其中，豈非可怕?!

靈機散人微微欠身一禮，平平靜靜地說道：「蕭宮主，當年華山一戰之後，已隔十三年未見面了，不知宮主別來無恙？」

「老身別來有恙，是大大有恙啊！」蕭太君冷冷說道，「這都是拜貴盟主所賜！」

「我家盟主別無它意，只求蕭宮主交出玉劍一睹為快已。望蕭宮主成全。」靈機散人意態平和，不溫不火，仍是平平靜靜地說道。

「為了你家盟主一睹為快，我玉女宮就該犧牲二百零八條人命來成全嗎？」蕭太君一揮手，截斷了靈機散人的話頭，「請你們盟主親自前來，老身自有話說。」

「嘿！妳這老婆子！我們靈機護法對妳如此謙卑禮敬，妳敬酒不吃想吃罰酒麼？」薛千里一聲暴喝，袖中雙手疾伸而出，幻成一股血色狂飈，「呼啦」一聲，已向蕭太君撲面捲來！

卻聽「颯」一聲，平空裡升起一幕白瀑般的劍光橫在閣廳當中，一下便將那股血色狂飈封了回來！

靈機散人微閉的雙目不禁睜大開來，只因他已感一股懾人的劍氣剎那已逼到到自己的眉睫。

薛千里狼狽地退到了他身側，面色十分難看——他寬大的雙袖一瞬間竟被那劍光削成了漫天碎片，如蝙蝠般飛散落地。

只見岳風白衣飄飄，仗劍而立，有若玉樹臨風，一派英挺雄俊之氣奪人心魄！

「很好！很好！原來是『山海幫』的岳二公子？」靈機散人慢慢縮緊了瞳孔，目光直直地盯著岳風，「『天地盟』與『山海幫』平分天下武林，一南一北，互不干涉。你插手這件事，莫非存心想要挑起戰端嗎？」

「岳某本無意於挑戰，只不過你們『天地盟』欺人太甚，岳某路見不平，拔劍相助罷了。」岳風冷冷說道。

「岳二公子，你可考慮清楚了？」靈機散人悠悠說道，「三年前，『天地盟』在中原武林大會上當眾擊斃少林羅漢堂護法淨音大師，各大門派看在眼裡卻噤若寒蟬——他們也是俠道中人，似乎就不像岳二公子這般衝動……」

岳風依然是面色沉凝，手中寶劍劍鋒斜斜指向薛千里和靈機散人，竟是不曾鬆動分毫。

「那你去死吧！」薛千里勃然大怒，雙手暴伸，似血箭般疾射而出，同時旋開來一股令人作嘔的腥臭之風！

岳風冷笑，後退兩步，突然清嘯一聲，沖天飛起，連人帶劍一瞬間已化作了一道燦燦銀虹！

這正是「魔劍浪子」的必殺絕招——「劍氣如虹貫九州」！

只聽「叮」的一響，薛千里那雙堅逾精鋼的「天魔血手」竟被這一劍擊碎，碎筋斷骨紛飛四散，灑開來一片殷紅血雨！

他還未來得及慘叫，只見岳風長嘯不絕，連人帶劍橫空一旋，那道銀虹又化作無數點流光霞影，凌空罩將下來！當真是繽紛燦爛，絢麗已極！

靈機散人驚呼一聲，手中拂塵一揚，拂塵上那根根鋼絲已化作縷縷銀光齊射而出，截向那無數點流光霞影！

——但，一切都晚了！

縷縷銀光一入那漫天光影形成的劍幕，頓時全被絞得粉碎！而薛千里的人也已在密密的劍氣籠罩之下！無論他向任何方向閃避，都已避不開了！

就在這時，嘯聲忽停，劍氣暴斂，岳風身形落下時，利劍已入鞘。

薛千里雙手自肘以下已斷得乾乾淨淨，整個人都似已僵住，陰森怪異的臉龐亦已痛得扭曲變形，煞是難看。

岳風冷冷地斜睨著他，目光如刀。

薛千里的牙齒咬得「格格」直響：「你為何不索性一劍殺了我？」

岳風冷冷道：「你不配！」

薛千里一陣狂笑，然後咬著牙陰惻惻地說道：「你不殺我，總有一天要你後悔的。」

他話聲裡的恨意是那麼凜冽刺人，竟令白小憐心頭一顫。

然後，他垂著一雙斷臂，血瀝瀝的走了出去。

靈機散人陰沉著臉，這時才開口了：「岳二公子好劍法，貧道倒想領教領教！」

「慢！」蕭太君在後廳內冷冷說道，「還是讓老身見識見識你的『風捲九霄』吧！」話音一落，她連人帶床已是離地飛旋而起，挾著風聲雷響，向靈機散人凌空壓將下來！

岳風一見之下，才知蕭太君身法之妙、內功之深，已遠遠超出了他的想像！她的身法、內功之造詣，豈止是超凡入聖，更稱得上是出神入化！

只見得靈機散人腳下步行天罡，雙手當胸如抱圓球，翻掌往外一推，頓時風聲狂嘯，刺耳之極，一排浩然罡氣似萬丈怒濤向蕭太君撲面掃來！

蕭太君如駕飛床，在半空中順勢疾速一旋，團團流轉，那排罡氣立刻被她捲化一空！

同時，她在床上遙遙虛空按出一掌，拍向靈機散人胸口！

靈機散人因自己施放的罡氣之潮已盡被化解，胸前已是空門大開，未及防護之下，一股綿綿陰勁無聲無息猝然乘虛而入！他只覺胸口一悶，呼吸一窒，全身立刻痲木，不禁「哇」的一聲，一口瘀血直噴而出，人已坐倒在地，再也站不起來。

「好精純的『遊雲掌』罡勁！」岳風吃了一驚。

蕭太君一擊得手，連人帶床平平飛回原處，臉色微紅，半響方才調勻內息！——她挾床而飛、運勁傷人本是極耗真氣內力，若非她功力精湛，早已氣散力盡而亡。

「江湖之中盛傳蕭老太君武功奇絕，天下無雙，如今看來果然是名不虛傳。」突然，一個清清朗朗的聲音破窗而入，在閣室內遊轉迴旋，餘音不絕如縷。

「好深厚的『千里傳神凝音大法』！」岳風一聽，甚感驚訝。而靈機散人一聽此言，卻是全身顫慄，戰戰兢兢地說道：「盟主來了……」

岳風走近窗外，果然看到樓下停著一座鑲金嵌銀的大轎。這大轎在小鎮街道上巍然而立，顯得那麼輝煌奪目，彷彿一座小小的宮殿。它四周群星烘月般整整齊齊恭恭敬敬地站著十餘名俊男美女，男的腰間佩劍英姿颯爽，女的手捧輕紗風彩照人。

「果然是司馬盟主到了。」岳風認得這是天地盟盟主司馬長雲的座轎。蕭太君聞言，在大床上一下坐起身來，目光倏然便似點著了火焰一般亮了起來：「很好，很好，老身終於等來他了。」

白小憐神色微微有些黯然，道：「祖母……」

「你有什麼可擔心的？我『玉女宮』開基立業百十年，雖說不及他『天地盟』人多勢眾，聲威顯赫，卻也不是他想怎麼欺負就可以欺負的！」蕭太君冷冷說道，「老身一切自有安排，你不必過慮。」白小憐欲言又止，淚已盈眶。

這時，樓下大轎的珠簾一卷，無風自揚，掀了上去。轎門裡慢慢走出來一位身穿光潔錦服的高大青年。他的眉很清細，眸很凝亮，鼻很堅挺，只是在那一派瀟灑脫俗的風度之中隱隱又似帶著幾分寂寞淡靜，舉手投足之際極似飄逸絕塵的翩翩佳公子，哪裡像萬人之上、叱吒風雲的天地盟盟主？！

司馬長雲就在這街道上一站，仰面一看，目光一掠，一種逼人而來的寒芒銳氣竟令站在樓上窗邊的岳風心頭一凜。司馬長雲終究不愧為絕世高手——先天氣質上的清逸文靜，如何又掩得住他深不可測的後天功力所帶來的那一股濃濃煞氣！

他一瞥之間，已看到岳風，俊美的臉龐上浮起一絲淡淡的笑意。剎那之間，也未見他有何動作，岳風只覺眼前一花，司馬長雲已在閣室內軒昂而立。

這時，再無知的武林人士也該明白司馬長雲的武學造詣有多麼可怕了——單就這一手江湖上失傳近百年的「九宮錯位大挪移」也足以傲視天下而無人望其項背了！

看著閣室裡的情形，司馬長雲眉頭微微一皺，靈機散人便恭恭敬敬地垂手退了出去。

良久，司馬長雲悠悠嘆了口氣，緩緩說道：「本盟弟子不知禮節，打擾了蕭老太君清修，還望見諒。」

蕭太君此刻卻大模大樣地躺在床上，並不起身回禮，只是抬頭仰望著閣頂的天花板，絲毫也不假以顏色，冷冷道：「上一次老身閉關修練，未能一睹司馬盟主的武功風采，老身頗以為憾。今晚，司馬盟主不請自來，老身倒是喜出望外啊！」

司馬長雲的神色依然那麼落寞沉鬱，隔了半響，才悠悠說道：「蕭老太君，本座縱橫天下五年有餘，一向嗜好以武會友；而本座平生最大的心願，便是尋遍天下高手，但求一敗！」

「好大的口氣！」蕭太君的脾氣竟是剛烈無比，毫不掩飾地哼了一聲。

司馬長雲卻不理她，自顧自說下去：「本座聽見江湖中傳說，『玉女宮』的『玉人劍』劍術冠絕古今，神妙無方，甚是傾慕，於是前來討教……兩個月前那一戰實是本盟弟子得罪了貴宮，本座也是情非得已……還望蕭老太君見諒！」

「你嗜好武學，就可以不顧別人的生死而肆意妄為嗎？司馬長雲，老身平生閱人無數，你這點兒心思老身還是猜得出——你不過就想以屠殺本宮宮人之事激老身施盡畢生絕學與你拚死一戰，以滿足你的好戰之心！」蕭太君冷冷說道，「好吧！老身今晚便願和司馬盟主一較長短，看一看這望仙樓上究竟鹿死誰手？」

「蕭老太君性如烈火，快人快語，本座佩服。」司馬長雲急忙跟上一句，便似一個已經迫不及待的賭徒一般，連眼神也變得亮如刀鋒，燙如火焰！

「慢！」一個清俊挺拔的身影驀然插了進來——是岳風！在司馬長雲、蕭太君、白小憐訝然的目光中，岳風淡淡地對司馬長雲說道：「你須得先過了我這一關，才可以上前去會蕭宮主……」

司馬長雲傲然斜睨，冷冷道：「你是何人？」

「在下岳風。」岳風不卑不亢地答道。

「岳風？」司馬長雲思索片刻，憶了起來，「山海幫的二幫主『魔劍浪子』岳風？幸會，幸會，本座和你大師兄顏滄水打了不少交道，對他倒是熟識。你嘛，一向深居簡出的，本座卻有些陌生。按照本座的計畫，原本應在晚些時候再找你領教領教。既然今晚你已是不請自來了，本座就將你和蕭老太君一併接待了吧！」

岳風暗吃一驚——這司馬長雲隻身一人挑戰當今武林兩大絕頂高手，不但毫無懼色，相反竟有「來者不拒，意猶未足」的狂傲之態，當真是異乎尋常，不可小覷！一念及此，岳風心神一凝，全身勁氣內斂，已做好了全面應敵的準備。

司馬長雲話音一落，長袖一捲，「呼」的一響，已似流雲出岫，一拂而出！但見他這長袖一拂之間，看似乎平無奇，竟已囊括了十餘種微妙至極的招式變化，無論岳風是攻是守，均已落在他的袖風緊密包圍之中！

岳風神色肅然，如臨大敵，手中利劍一舉，當胸挽起了一朵燦爛的劍花，那劍花一瞬間急速綻放開來，竟似車輪般大，閃閃爍爍，光芒流轉，罩在了他身前！

「好劍法！」司馬長雲不禁讚了一聲，長袖一斂，漫天袖風亦已隨即撤回！——並不是攻不進去，而是他已測出了岳風的實力深淺。

「三十招，你的劍法再好，也只能在我手中接下三十招！」司馬長雲突然開口說道，他的話音不高，卻帶著一種不容置疑的權威性，「我暫時還不想要你的命，你走吧！你的存在，並不能影響我今晚和蕭宮主的戰局的最後結果！」

他一談到武學比試，便似從一個超塵出世的貴公子又變成了一個嗜戰成狂的大魔頭！他的語調、他的神色、他的舉止，在不知不覺之間已充溢著一股壓倒一切的殺意！雖然他還是那樣散散漫漫地站在那裡，但他的整個人卻變得似利劍出鞘般銳氣凌人！

岳風也知道了司馬長雲的可怕——雖然他剛才挽起的劍花已是水潑不進，針插不入，但在司馬長雲的層層袖影緊緊籠罩之中，他還是感到全身上下至少有七個地方透進來一股森森寒意——這是司馬長雲的袖風穿透他的劍花逼近他的身體的徵兆！只不過，司馬長雲並沒有真正發動攻勢，不然他身上那七個地方必定會血光迸現！

可是他怎麼能退？！他目光一瞥，但見白小憐正痴痴地看著自己，目光裡透出來的那一份欲說還休的意味，已令他無法回首。

他一咬鋼牙，毅然道：「你若要想與蕭前輩交手，先得從我身上踏過去。」

「岳公子，你不是他對手，萬萬不可……」白小憐不知為何眼圈竟是一紅。蕭太君卻躺在床上，微微頷首，目光裡溢滿嘉許之意。

司馬長雲一怔，忽又仰天大笑：「極好！你既執意與本座為敵，本座便成全了你——三十招之內，本座定叫你心服口服！」

岳風冷冷道：「在下一向不喜有人恃強凌弱，激於義憤，方才挺身與司馬盟主一戰。勝敗之數，在下亦未曾在意，一心只求盡力阻止盟主大興殺戮而已！」

「出招吧！」司馬長雲一聲厲嘯，宛若龍吟九霄，頓時便將他的聲音壓了下來，「本座一生好戰，你除非徹底擊敗本座，否則你是無法阻止本座大興殺戮的！」

只見岳風臉色一變，大喝一聲，手中利劍一抬，橫掃而出，只聽嘶嘶銳嘯之聲大作，平空閃出萬點寒星，密密集集，宛若漫天流螢，從四面八方向司馬長雲激射過來！

司馬長雲冷冷一笑，右手在胸前輕輕劃了一個半圓，立刻便形成了一團無形漩渦式的氣流，一股不可抵抗的奇異吸力亦隨之發出。那點點寒星便似飛蛾撲火般全在這漩渦式的氣流中一旋而逝，被消弭於無形。

同時，司馬長雲左掌一翻，向外緩緩平推而出！岳風立刻感到劍身上如壓萬斤巨石，沉得抬不起來。他一咬牙，緊握劍柄，挺起劍鋒，慢慢刺向前去！

司馬長雲冷笑間掌心中又加了一分勁力！岳風頓時感到劍身壓力暴增，劍尖已斜斜的向地上垂了下去。

好雄渾的內家真力！堅若磐石，沉凝如山，這司馬長雲的功力竟已達到了「凝氣為物，化虛為實」的境界，實在是匪夷所思！

「憑著你精妙的劍法，也許可以在我手下走上三十招，可是靠你那點兒內家功力和我硬碰硬，大概連一盞茶的工夫都撐不過！」司馬長雲冷冷喝道，「你認輸不認輸？」

岳風臉頰之上汗如豆大滾滾而落。他咬緊牙關，毅然道：「我不認輸！」

「好吧！」司馬長雲淩空虛按的掌上又猛增了一份勁道！劍上壓力如山，劍身竟已彎曲如弓，劍尖已幾乎垂及地板！岳風緊握著劍柄的手激烈地顫抖著，虎口已然震裂，鮮血「汩汩」而流！

白小憐一雙美目睜得大大的，看得呆呆的，手心裡已捏出一把冷汗來。

「你還不認輸嗎？」司馬長雲右掌平舉，緩緩壓在了自己虛空遙按的左掌之上！他右掌的勁力一加上來，當真如塌了半邊須彌山壓到岳風劍身上來！岳風暴喝一聲，目眥欲裂，手中劍已彎得不能再彎了！同時，他右臂骨節「格格」直響，似乎再接下來他的整條手臂也會截截斷裂！

「你這孩子，又是何苦？……」蕭太君長長嘆了口氣，「認了輸，讓他放馬過來吧！」

白小憐亦是心神激盪，只覺眼前漸漸模糊，兩行清淚已流下面頰，此刻就連她也忍不住要勸岳風放劍撒手認輸算了！

她已不忍再瞧下去了。

司馬長雲悠悠說道：「岳風，你何必這麼苦撐？！難不成你真的願意讓本座廢了你？」

岳風只是將牙咬得「格格」作響，已然作聲不得。但他身上透出來的那一股奇崛雄毅之氣卻是愈挫愈奮，不顯一絲頹態。

「那麼，我也只好讓你吃吃苦頭了！」司馬長雲雙掌一合，輕描淡寫地一拍！

「啪」的一聲脆響，岳風手中那劍已禁不起二人剛猛雄渾的內力激撞，竟被震得寸寸斷裂、截截飛散！

岳風頓覺胸前如遭重擊，「哇」的一聲，一口瘀血噴出，身形向後一傾，險險坐倒在地。司馬長雲一聲輕叱，右掌平伸如刀，便向他前心直插過來！

好個岳風！在這萬險之中，他右手一揚，掌心裡一道寒光猛射而出，直擊司馬長雲肋下要害！——司馬長雲若要再伸掌攻他而不回招自救，便得被他這一道寒光所傷！

這一招「兩敗俱傷」的打法當真有效！司馬長雲右掌在半空中急速轉向，一瞬之間已硬生生拍在了那道寒光之上！

「噗」的一聲，那一道寒光即刻在他掌底下消散得無影無蹤！寒光逝盡，只見岳風投射而出的竟是那隻劍柄，已被司馬長雲的雄渾掌力震得粉碎散落一地！

司馬長雲久久地盯著岳風，緩緩說道：「很好！很好！……」連說了兩個「很好」之後，他忽又開口說道：「看來你和你師兄不太一樣。」

岳風一怔。

「你師兄是我所遇到的最不簡單的對手之一。」司馬長雲緩緩說道，「雖然他的武功勝不過我，但我每次和他交手時，都只能測出他九成的功力——他總能想出辦法，隱藏著最後那一成的功力給自己留下迴旋的餘地。從這一點來看，他不愧是我最可怕的對手之一。我不喜歡他，一個人心計太多了，就不會慷慨激烈敢拚敢殺；但，我喜歡你，你沒那麼複雜，敢衝、敢闖、敢拚、敢熬，該出手時就出手，暢快淋漓，磊磊落落——武林大俠正當如此！」

岳風面色如常，淡淡道：「多謝，司馬盟主言過其實了。」司馬長雲哈哈一笑，臉色忽然一正，肅然道：「岳二幫主，本座知道你一向與你師兄貌合神離，在山海幫裡一向是鬱鬱不得志。你不如歸順我天地盟，待我殺了顏滄水之後，放手讓你獨攬山海幫大權，開創一片新天地出來，豈不妙哉？」

岳風顯得面色波瀾不驚，淡淡說道：「謝過盟主美意。在下一向如閒雲野鶴、天馬行空，自由散漫慣了，只求心之所安、性之所適，實在是無意於角逐江湖顯赫一時。今晚，在下不過是見你們天地盟欺人太甚，不禁站出來講幾句公道話而已，希望盟主能放下好勝之心，讓蕭宮主祖孫二人去吧！」

司馬長雲雙眉一豎，冷冷說道：「不行！蕭太君若不顯出『玉人劍』絕學一解本座心中之渴，本座是絕不會放她們走的！」

「那麼，在下也只好與司馬盟主硬拚到底了！」岳風一聲清嘯之後，凜然說道。

「很好！」司馬長雲的雙眸之中剎那間寒芒四射，如同黑夜中燃起了兩團冰冷的火焰，灼灼逼人。同時，他全身衣袍無風自舞，長髮飄飄之間溢位漫天殺氣，重重圍住岳風，簡直壓得他幾乎透不過氣來！

「岳公子，請你休息一下吧！」岳風身後大床之上的蕭太君緩緩開口了，她說話之際透出一股深沉宏大的勁道，不知為何，竟令岳風心頭感到一鬆，全身壓力得到了緩解，「司馬盟主，你真的很想與老身一決高下嗎？不妨移駕過來，老身為此一戰，亦恭候已久了！」

司馬長雲一揮手，霸氣凌人地說道：「蕭宮主既有此意，本座實在是卻之不恭了！」說完，雙拳當胸一抱，向前一拱。

剎那間，岳風只覺一股無形巨力已似排山倒海般直逼過來，閣室內四面牆壁皆被震得搖搖晃晃，「格格」作響。岳風頓覺身處漩渦中心，感到天旋地轉，不由自主向一側退了開去。

卻見蕭太君躺在床上，一聲冷哼，右手一伸，隔空輕輕一劃。「譁」的一聲，司馬長雲那暗潮般洶湧而來的勁力便似碰上了堅固長堤般被倒激回來！

司馬長雲雙掌往前一推，罡氣如狂瀾般暴漲而起，挾數倍之威再次洶湧而前！

蕭太君面聲一沉，右掌一翻，向前一揮！司馬長雲只覺自己所發的滔滔勁氣如遇屏障復又倒瀉而回，立刻大喝一聲，猛一咬牙，雙掌箕張，將自己的勁氣再度逼上前去！

二人的深厚內力在半空中對峙著、激撞著，罡氣在閣室內瀰漫著、迴旋著，彷彿連四壁牆板也要被脹破……乍然間響起「砰砰」數聲，閣室內的樓板已承受不住這罡氣激盪，竟接二連三地崩裂開來！

蕭太君在床上悶哼一聲，她身形雖是分毫未動，身下的大床卻被司馬長雲掌中罡氣挾來的餘勁一推而動，向後移開了二尺左右。

而司馬長雲卻仍是一副氣定神凝巍然如山的氣象，岳風見狀，不禁在心底暗暗一嘆——這天地盟盟主司馬長雲果然不負盛譽，內家功力之精湛，竟遠在蕭太君之上！同時，一抹淡淡的憂色掠上了他眉梢。

只聽得蕭太君一聲長嘯，清越入雲，宛若鳳鳴九天。同時，她身形一起，雙掌抓著床沿一提，「呼啦啦」三分鐘熱風響，連人帶床已是盤旋而起，凌空飛昇，挾著滾滾勁氣向司馬長雲鋪天蓋地直壓而來！

司馬長雲大喝一聲，雙掌一揚，頓時掀起滔天氣浪，轟轟然迎了上去！

「嘭」的一聲大爆響，場中立時勁風四溢，岳風、白小憐遠在丈餘開外，亦被烈烈罡風颳得衣袂飛揚！只見司馬長雲雙掌高舉過頂，以「天王託塔」之式頂住了蕭太君的當頭猛擊！而蕭太君連人帶床懸在半空，只是團團飛轉，始終降不下來。

岳風正看得驚心動魄之際，蕭太君的一縷話聲如鋼針般穿透層層罡氣傳入他耳中：「岳公子，老身自知鬥不過這司馬長雲，現在也不過是拖住他片刻罷了！你不要管我，快快帶上憐兒逃離此地！」他一聽此言，立刻心頭劇震，目光一掠，見白小憐也正幽幽地看著他，眼眸中一片淚光迷濛——想來蕭太君也用破空傳音之術告訴了她相同的話。遠遠的看著白小憐嬌弱的身影在罡風中搖曳，岳風忽然覺得心頭似被利刀輕輕一劃，沁出一絲淡淡的痛意來！

這時，司馬長雲與蕭太君的較量也到了緊要關頭！只見司馬長雲臉色漸漸沉凝，緩緩開氣吐聲，道：「蕭老太君，此刻你若還不施出『玉人劍』劍法，就休怪本座多有得罪了！」他聲音雄渾高昂，依然勁氣十足，可見他在與蕭太君對峙之中後勁猶存，不可低估！

隨著司馬長雲的話聲，蕭太君臉龐之上隱隱現出一層青氣，雙掌也漸漸變成了純青琉璃色，令人望而生怖！

「青冥玄功！」白小憐見祖母使出了這一招奇門絕學，大感驚駭——數十年來蕭太君不到險境不用此功，亦可見司馬長雲實力之強！

但聽蕭太君一聲厲嘯，雙掌隔空向下一拍，一幢青濛濛的氣罩如峰如塔立刻向司馬長雲當頭壓將下來！

司馬長雲狂笑一聲，雙掌一抬，一層濃豔血光迅速從他足底升到了髮梢，整個人化作了一尊血魔——眉髮如戟，膚紅如血，身形暴長，氣吞四海，非魔而何？！

「天煞魔功？」岳風驚呼失聲，衣袖一揚，罡風大作，散落在地上的斷劍紛紛激射而起，化作束束銀光，急刺司馬長雲全身上下二十三處大穴，以助蕭太君一臂之力。

司馬長雲似乎渾然不覺，對他運勁激射而來的斷劍亦是不理不睬。同時他右掌一揮，血潮般的滔滔罡氣直衝而上，那幢青色氣罩立刻被一擊而散！隨即，那「天煞罡氣」狂漫開來，一下便將蕭太君連人帶床吞沒其中！

「錚錚」連聲脆響，岳風那一截截飛射而來的斷劍刺到了司馬長雲身上，竟如金石相擊，清脆有聲！而司馬長雲肌膚之上仍是分毫未傷，岳風的截截斷劍卻如入熔爐般紅亮亮的化成了鋼汁瀉地！

「快走！」蕭太君在司馬長雲那血海般浩瀚的罡氣漫卷之中掙扎著只發出了這最後一聲催促，一切便歸於死一般的沉寂。

「祖母！」白小憐撕心裂肺地叫著，要向司馬長雲撲去！

一條極有力的手臂將她攔腰一抱，在她昏過去的一剎那，她只見到岳風焦急而英俊的臉龐在眼前一現，便什麼都不知道了……

閣室裡靜了下來，靜得只聽見司馬長雲沉沉的呼吸之聲。

他全身上下的血光如潮水般倏然一退而盡。他又似恢復了一塵不染的貴公子那般的白皙、潔淨。他漠然地、孤獨地站在閣室當中，看著名震武林的玉女宮宮主蕭太君終於在自己掌下粉身碎骨，他卻沒有大獲全勝的欣喜之情，也沒有神功蓋世的自鳴得意，而是在心頭泛起了一絲空虛。其實，勝利了也就不過如此吧？！……多少次的生死激戰，在過程中充滿了刺激；而多少次勝利之後，他卻感覺這結局是千篇一律的淡而無味！

也許自己苦苦追求的並不是勝利，而是失敗吧？司馬長雲久久地思索著，慢慢閉上了雙眼。

靈機散人走入閣內，迎上一步：「盟主，岳風和蕭老太的孫女逃了。」

司馬長雲「嗯」了一聲，並不睜開眼來。

「要不要讓屬下們去追……」

「追什麼？」

「追『玉人劍』呀！」

「不用了！剛才我和蕭老太君那一戰是何等的慘烈！在那樣的情形下，他們沒有理由不使出『玉人劍』解危……可是，你也看到了，他們卻一直沒有施出『玉人劍』相助……」司馬長雲沉吟著抬起頭來望向那高高的屋頂，「難道我錯了嗎？或許他們根本就沒有『玉人劍』？……或許『玉人劍』原本就是一個子虛烏有的『武林傳說』？」

二、練劍

秀峰山「玉女宮」後院有一座石室。石室外，是一片樹林和一湖春水。

白小憐就站在那湖邊亭亭玉立，岳風在她身邊負手仰天，舉目遙望著天際那一縷悠悠遊雲，默默無語。

許久，白小憐憂傷的話聲慢慢打破了這湖水般的寧靜：「身懷武林至寶，其實是武林中人之大不幸。祖母在玉女宮勢力如日中天之時，便常懷憂懼，時刻提防著危機突來，夜夜不能安枕。而我們所有的玉女宮宮人也一直隱居在這秀峰山中，竭力避開這江湖紛爭，從不下山一步，過著一種世外桃源的生活……可是沒想到司馬長雲這狂徒嗜武如命，為了一睹『玉人劍』之奇技，不惜傾其全力攻破『玉人宮』，這才給我們帶來了一場飛來橫禍！唉！如今祖母又慘死於司馬長雲之手，可恨我功力淺薄，不知何時才能報此大仇？」

岳風沉沉地嘆了口氣，道：「看來這司馬長雲確是武功蓋世，無人能敵，岳風雖有心助白姑娘一臂之力，只怕也是於事無補。」

卻聽得白小憐悲嘯一聲，拔劍出鞘，在月下狂舞而起。但見她劍光遊走如龍，挾風捲雲，罡氣如怒潮，拍碎周圍石叢，飛起漫天塵砂！當真是凜凜洌烈，令人不敢正視！

岳風正看得訝然動容，忽見劍光一斂一旋，反向白小憐胸前疾刺而回！

原來白小憐想自殺！

但是，劍尖在她胸前一指之遙處驀然定了下來！一隻寬大的手掌已緊緊握住了劍鋒，惶急之中，這隻手掌未及運勁自護，掌心肌膚已被割破，血滴如珠！

是岳風情急出手一把抓住她的劍鋒，將她一下拉離了死亡的邊緣！

「自取輕生，徒死無益！」岳風似已忘記了手掌上那錐心似的劇痛，或是根本就不覺得痛。他一雙大眼炯炯然看著白小憐，急急地說道：「妳不要這樣！我們……還有機會的……」

白小憐的淚一下奪眶而出。祖母畢竟沒有看錯人，這個男人是值得信賴的。

「我祖母在一個多月前向天下各大門派青年一代中的著名弟子發去了三十二份信函，裡邊有獨步江南的姑蘇『燕子塢』少主慕容敬德、橫行西域的天山『白鷹峰』少主歐陽澤、名震漠北的契丹『血雲谷』少主耶律慶明……當然，其中也有你『魔劍浪子』岳風……」白小憐遙望著天際，悠悠地說道，「祖母邀他們齊集山陽鎮望仙樓參加比武招親，大賽終勝者不僅可以得到我，還可以得到武林至寶『玉人劍』……一個月的時間過去了，天下三十二名少年菁英中，只來了你一個。畢竟與傳說中中原武林六十年來最可怕的絕世高手司馬長雲為敵，誰都明白是白白送死……所以，他們一個都沒來。只有你來了。不知道你當時是為何而來？有什麼比生命更重要的東西能讓你前來？能告訴我嗎？」

岳風緩緩說道：「我最直接的原因就是為『玉人劍』而來。只有『玉人劍』才可以使我破得了司馬長雲的『天煞魔功』。」

「破司馬長雲的『天煞魔功』比你的生命還重要？」白小憐有些不解，「你為什麼要破司馬長雲的『天煞魔功』？怎麼？你也會有取代司馬長雲而獨霸武林的野心？」

「將來我會告訴妳為什麼的。」岳風避開了這個問題，慢慢地說道，「我們不談這個好嗎？既然『玉人劍』根本不存在，我自然在這段時間裡就破不了『天煞魔功』……唉，還是想一想別的辦法吧！」說完，岳風一直那麼明朗的臉色在斜陽的餘輝中隱隱暗了下去，白小憐看出了他深深的失望。

「如果我告訴你，『玉人劍』其實就一直在我手中，——你會怎樣想呢？」許久，白小憐那張面紗後的雙眸閃出了靈動的光。

這是岳風一生中聽到的最吃驚的一句話，他一下怔住了，眼神立刻定在了白小憐的瞳眸深處裡一時拔不出來了。

的確，誰也沒有想到，「玉人劍」其實就一直戴在白小憐頭上。白小憐慢慢打散了髮髻，取下一支晶瑩剔透的細長玉簪，托在手心。岳風仔細一看，這才發現這玉簪原來是一柄八寸短劍，形狀卻如一尊宮裝美女的雕像，通體瑩白無瑕，劍身兩側鋒刃銳利無比，純是稀世美玉雕琢而成。

「這就是『玉人劍』？」岳風喃喃地說道，「想不到這世間真有『玉人劍』？」

白小憐沉默著，握著「玉人劍」劍柄的纖纖素手忽一運勁，「嘶」的一聲，劍尖上立時如靈蛇吐信般生出一尺多長的雪芒來，伸縮遊走，靈動無比。她慢慢揮起劍芒向身畔一塊方桌般的大石劈去，「嚓」的一聲，竟似切豆腐一般，那大石已被一劈兩半！

在岳風驚訝的目光裡，她幽幽嘆了口氣：「不要以為這種削劍斷玉，無堅不摧的劍芒裡是『玉人劍』唯一的祕密……」她伸手忽又握著那「玉人劍」劍柄，慢慢旋了開來，片刻之後，劍身竟與劍柄一分為二。原來這劍柄和劍身各是兩截連線在一起的。更為驚奇的是，劍身內部卻是空心的，白小憐從裡邊慢慢抽出細細一卷金絲圖幅，放在手心之上。

「這便是玉人劍裡的真正祕密……『玉靈心經』。」白小憐抬起頭來，深深地看著他，「這便是破解司馬長雲『天煞魔功』的法門了。」

「玉靈心經」的內容並不玄奧，相反卻是易懂易學。但不知為什麼，自從岳風開始修練這「玉靈心經」以來，他總覺得自己身體內外正勢不可遏地發生著一系列的奇異變化：他感到自己體內的精氣驟然變得充溢無比，無時無刻不似地火般熊熊奔突，使得他身上每一塊肌肉都充滿了疾速膨脹的感覺。

這種膨脹憋得他熱血沸騰，憋得他躁動不安，憋得他輾轉難眠。同時，他也感覺到自己體內精氣的充積程度已達到了人體承受力的極致，若不加以及時有力的調控，極有可能導致自己「走火入魔」！

於是，他想到了洞室外的「寒玉池」。到那池裡進行沐浴，也許能壓抑自己這瘋狂增長的精氣和慾念了吧?!

太陽的金輝散碎在墨玉般光潔的水面上，令人目眩神馳。岳風脫去了衣服，姿勢優美地向池中一躍而入，如一尾幾乎被晒脫了氣的魚般潛了進去，沉到池底。

池水冰涼刺骨，然而對岳風而言似乎卻不起多大的作用。他全身內外依然如烈焰焚燒，難以忍耐。

「嘩啦」一聲，溼淋淋的岳風從池水中一躍而出，赤身裸體地站在颼颼晚風裡，任身上的水漬被風一絲絲吹乾。

他少年時就常用這種方法來壓抑自己的情慾，而且往往都很有效。

但是，現在，他在奇寒無比、砭人肌骨的「寒玉池」裡浸泡了足足兩個時辰，他的血液、他的肌膚仍似烈火一般滾燙。

——這是不是修煉玄異已極的玉靈心經給他身心帶來的巨大刺激與反應？

他不敢再想下去。

只穿上一條犢鼻褲，他便握著他的「玉人劍」直奔他練劍的那片草坪。到了草坪，他停下來，喘著粗氣緊盯著那柄「玉人劍」。

「玉人劍」在他手中隱隱流轉著奇幻莫名的神祕光波，那劍身的美女像正在向他脈脈含情而笑。那笑容妖異而瑰麗，撩撥著他心靈深處的慾望。

——這慾望，本就是人類最原始最強大的本能，你可以壓抑它，卻無法根除它！

岳風低吼一聲，一劍插入草坪地上。

「嗤」的一聲，劍尖起處，地面上現出了一個酒杯口般大的劍孔，劍孔很深很深，彷彿一直深入到地心之中。這個劍孔，是他用那無堅不摧的劍氣刺出來的——這是何等可怕的劍氣！

他大口大口地喘著粗氣，手掌依然緊握著劍柄，手臂上一塊塊肌肉如岩石般凸起，凸出一種無比雄健無比強壯的力道來！

他的劍慢慢拔了出來，他的人也慢慢站了起來。一條長長的人影從他背後投射過來，他一回頭，看到了白小憐正向他含笑而立。

「恭喜你。」她的笑容裡很有些深意，「你的『玉靈心經』已經練成了。」

岳風慢慢轉過身來，看著她，目光有些發熱。

她的臉在面紗後面依然那麼依稀難見，身上的白紗迎風飄舞，緊貼在她身體上面顯得妙態玲瓏，一如他手中那柄「玉人劍」上的美女一般妙態玲瓏。

他不想這樣看她，可是他又無法抑制自己這樣看她的慾望。

他沉沉地說：「妳來這裡幹什麼？」

白小憐悠悠地看著他：「我來試試你的『玉靈心經』究竟修練到了什麼境界？」

「不用妳試。」他硬梆梆的答道，「至少妳鬥不過我的。」

「不試我又怎麼知道你到底練得怎麼樣？」白小憐微笑著說道，「你還是準備接招吧？」

岳風覺得自己心跳似乎已到了兩邊的太陽穴那裡，口裡也乾燥得厲害。他嚥了一口唾液，道：「妳快走！」

「我不走。」白小憐眨了眨眼睛，「接招吧！」

她的玉手一揚，漫天裡便撒開了一片柔柔的風，向岳風漫卷而來！

岳風立刻感到這柔風中挾帶著隱隱的石破雷動之威，他不禁有些吃驚——真沒想到，平日裡看似弱不禁風的白小憐竟也是個內家高手！

他手中「玉人劍」凌空一劃，便讓這片柔風消解於無形。然後，只見白光一閃，銳風狂嘯，他的「玉人劍」已向她疾刺而出！

白小憐只覺臉上一涼，面紗已在習習劍風中碎成片片飛散開去！——那張岳風想像了無數次也想像不出的明豔清麗的面龐終於在他眼前赫然而現！

美得就像「玉人劍」上的美女！

白小憐絲毫沒有慌亂，她隨著習習的劍風似一朵白蝶般翩翩起舞，舞出了落英繽紛的白影。而岳風連人帶劍化作的那一道白光頓時與她那繽紛的白影攪成了一團，匯在了一起，融為了一片！

忽然，月光一暗，一切的動作一瞬間全然凝止！

岳風全身膚色都已變得通紅，雙眼也漸漸變得熾亮，他激烈地喘息，他的「玉人劍」劍尖已離白小憐的胸膛不足半寸！

二人的腳下的草坪，落滿了白小憐全身紗衣被劍風劃碎飄散的絲絲縷縷。

白小憐雪白的胸膛激烈地起伏著，她的雙頰已慢慢飛出了一片紅雲。片刻之後，她才悠悠地嘆了口氣：「你的玉靈心經果然練成了。很好，我很高興。」

岳風咬著鋼牙扭過頭去，盡量忍住不要看她，握著劍柄的手也顫抖得厲害：「怎麼……怎麼……我會這樣？……」

白小憐正視著他，慢慢說道：「看來，你也許並不知道，你所修練的玉靈心經其實是一種至陰至邪的奇門武功。它確實能令你短時間內武功精進如有神助，但每隔一段日子，你一定要將體內充溢躁動的精氣宣洩出去，這樣你才能保持整個身心精氣神的中和、平衡。」

在岳風回過頭來詫異的眼神裡，她又悠悠嘆了口氣：「可是你的精氣根本就沒有發洩的地方，所以你最近變得有些古怪，變得焦躁不安，而你的武功造詣也因此得不到新的飛躍……」

「妳……妳……」岳風有些語塞。

「但是，我能幫你。」她的語氣忽然嚴肅起來，「因為，我才是真正能令你達到巔峰狀態的『玉人劍』！」

「什麼？」岳風大惑。

白小憐的目光抬上去，望向那天際那一輪明月。她的整個人在淡淡的月光下，如白霧般朦朧起來，她的聲音也開始飄渺不定：「『玉人劍』其實有兩柄，你手中的『玉人劍』只是其中之一。而我才是另一柄『玉人劍』……自從當年『玉女宮』宮主冰魚兒創造『玉人劍』以來，她就知道自己的心血結晶不過始終是為男人作嫁衣而已……因為，『玉靈心經』只有男人才能修練！而凡是煉『玉人劍』中的『玉靈心經』的男人，如果不能和持有『玉人劍』的玉女交媾，他要麼會因精氣暴溢走火入魔而亡，要麼便會心性大變瘋狂而死……同時，持有『玉人劍』的玉女一旦與男人交媾，亦會武功全失，成為常人。而我的祖母就是為了不願失去一身神功，才沒讓我的祖父練『玉人劍』」的……」

岳風頓時恍然大悟。

白小憐悠悠嘆了口氣：「你當初在望仙樓捨生忘死的幫助我和祖母……從那時起，我就知道會有今天……也許，也許這就是『玉人劍』帶來的緣份吧！……」

她的目光熱切起來，岳風的心也立刻狂跳起來。她看到岳風的瞳眸深處已有熊熊烈焰奔湧而出。

她閉上了眼睛，不敢再看。但她卻已真真切切地感到站在她身前的岳風內心深處理智已崩潰，情慾已爆發……

這種變化使得她心跳得更快！

他熾熱的呼吸和滾燙的體溫正向她壓了近來……

她無法推拒，也不想推拒，坦然迎了上去，慢慢的將自己的身體如鮮花一般向他綻放開來……

——只因她知道今天的結局一定會是這樣子的。那滾燙的體溫多麼熟悉，一如望仙樓上她半昏半醒之際在他臂彎裡的感覺……

狂潮退去，她慢慢睜開了眼，天上那月兒似乎變得更加皎潔，月光下的她全身亦如明月一般皎潔。而熱汗涔涔的岳風卻靜靜地喘息著，躺在她身側的草坪上，任月光傾瀉在他身上。

月光清瑩祥和明澈，他的人也一樣。他已從狂熱中完全恢復了沉靜，完全放鬆了自己，他的人已彷彿和這片堅實的大地、皎潔的明月融為一體。

大地和明月都是圓滿無缺的，他這個人亦已彷彿接近了圓滿，接近了那種物我合一、亙古常在的圓滿。

白小憐噙著淚，很想告訴他：「現在你的玉靈心經已經真正練成了。」

她的淚純潔、明亮。

雖然她和歷代「玉女宮主」一樣都無法登上武學中至高無上的境界，但她卻幫助了一個男人突破了困境，達到了獨步古今的武學造詣。

她的身體已滋潤了這個男人的生命，她和他實現了整個身心徹底的交融。

所以，她那一剎那覺得自己是多麼幸福和偉大！

也不知過了多久，她輕輕對岳風說：「你現在可以去破司馬長雲的『天煞魔功』了……但記著：一定要安全地回來！」

三、鬥劍

「憑你的實力，你竟想替蕭老太報仇？」司馬長雲還是那麼清貴高華，坐在『天地盟』的寶座上就像一尊超凡脫俗的神，口吻淡漠如天際的一抹雲彩，「當然也有這個可能……」他若有所思地微微皺了皺眉，「除非關於『玉人劍』的傳說是真的！除非，你真的練成了『玉人劍』上的功夫！」

「天地盟」大廳上所有的門人都鬨然譏笑起來。在他們眼中看來，岳風站在這裡，不過是一隻待宰的羔羊而已！

然而，岳風的聲音卻出奇的冷靜而有力，竟穿透了大廳內各種竊竊的譏笑與私語，清清晰晰地傳到了高踞在蟠龍寶座上的司馬長雲耳中：「我告訴你，也許你不相信：『玉人劍』的傳說是真的；我真的也練成了『玉人劍』上的功夫！」

全場的人像一下全被點了死穴一樣陡然靜了下來，無數道含意不一、複複雜雜的目光齊射而來，聚集在他那張嚴肅認真、稜角分明的臉龐上。

「那就接我這一招試試看吧！」司馬長雲淡漠的口吻已然消失，語氣變得凌厲起來，雙目寒光一閃，身形一起，猶如一片黑雲飛旋升空，揮手之間幻出重重掌影，如山如峰，挾風裹雷，從天而降，直向岳風頂上壓將下來！

卻見岳風身形巍立如山，手扶劍鞘，神色肅然，一動不動。

司馬長雲冷冷笑著，他的如山掌影已轟轟然壓近岳風頭頂不足半尺，岳風身上的白衫已被他猛烈的掌風颳得獵獵作響，幾欲撕裂脫身飛去！

場中眾人都微微閉上了眼，不忍目睹岳風被司馬長雲的掌力擊成肉餅的慘景！

就在這微一閉眼的功夫，岳風已出手！他只是舉起右手隨隨便便往上一晃，司馬長雲便在千重掌影之後感覺眼前一眩，平地裡一幕白光似瀑布般劃破重重掌影激卷而上，森森寒意竟倏忽間已逼到了司馬長雲眉目之間，令他幾乎睜不開眼來！

好個司馬長雲，一聲冷哼，身形急忙停在半空一扭一旋，如遊電般凌空橫閃開去！雖是如此，「嗤」的一聲，他右袖上一片衣幅仍被這玄異莫名的白光一削而斷，從半空中飄落而下！

場中眾人看著那殘蝶般飄飄落地的衣幅，眼神裡都多了幾分恍惚與迷惘——怎麼？威震武林所向無敵的司馬盟主竟也會失手？！多年以來，常常是盟主舉手抬足之間便已定人生死，而今天岳風非但毫毛未傷，回招之間竟讓盟主遭到斷袖之辱！這，這怎麼可能？……

司馬長雲已坐回到寶座之讓，面色沉鬱，犀利的目光定在了岳風手中握著的那柄瑩然生光的「玉人劍」上。

這柄不足一尺的短劍，竟能激射出三丈餘長的劍芒！這本身就是武林利器中的奇蹟！

司馬長雲臉上的傲慢已一掃而光。此刻，他像一名朝聖徒終於親眼目睹了聖物一般，神色裡溢滿了尊崇。許久許久他才開口說道：「謝謝你，岳風！你終於給了我渴求一敗的機會！」

然後，司馬長雲反手一掌將自己的蟠龍寶座劈得粉碎！

紛飛的碎屑中，一柄赤光燦燦如血如火的長刀赫然而現！

「天煞血刀?!」臺下眾人已是紛紛失聲驚呼！這就是傳說中神鬼皆懼的魔刀——「天煞血刀」?!

岳風平靜如水的臉上微微掠過了一絲震駭。

「我的寶刀塵封已久，今天終於可以一露鋒芒了！」司馬長雲舉刀朝天，正視著岳風，緩緩說道：「來吧！岳風！但願你不會讓我和我的刀失望！」

隨著他的話聲，司馬長雲手中的「天煞血刀」已是赤光暴射，映得他整個人都變得紅彤彤的。

一聲長嘯破空掠起，司馬長雲身形如一片血雲，平平飛昇而起，直飛上去，站在半空中——

他猛一揮手，「天煞血刀」已赫然出招！

武林中盛傳「血洗長空，鬼哭神嚎」，便是形容「天煞血刀」出招時的逼人聲威！果然，「天煞血刀」一出，一剎那天色為之一暗，人心為之一悸！

刀在半空，破風而嘯，一瞬之間，赤茫茫一片劍氣瀰漫而出，宛若彤雲密布，鋪天蓋地，洶湧浩瀚，向場中所有的人俯壓下來！

岳風卻顯得冷靜異常，仰天而立，手握八寸「玉人劍」，氣凝如山，持而不發！

其他所有人在「天煞血刀」凌厲的刀嘯、犀利的刀氣籠罩之下，只覺如同置身血雨腥風的地獄冥府，無盡的恐怖和無止的戰慄遍及每一個人的靈魂深處！每一個人心頭都似產生了一種「死」的感覺，每一個人都以為自己整個身軀已似狂風中的沙塔般崩散！

司馬長雲一剎那身形暴長，他手中的「天煞血刀」也似陡然長了一倍！他如巨人般凌空駕馭著那柄長得驚人的「天煞血刀」飛舞著、盤旋著、呼嘯著，在天昏地暗之中，他連人帶刀已似化作一條赤龍，捲起漫天血光，「唰啦啦」一陣巨響，直向仰天而立的岳風當頭疾罩而下！

「嘶」的一聲銳嘯破空而起，岳飛身形一動，劍已出手！眾人只覺雙瞳一陣刺痛，暈眩之中只見到一道雪練似的熾白的光芒沖天飛起，銳不可擋，一下便將漫天的血光形雲一劃而開，長驅直入，迎著司馬長雲胸前射去！

「錚」的一聲，清越如龍吟，沉渾似虎嘯，餘音裊裊，竟令全場中人心神為之一警一醒一靜！

然後，他們便看到司馬長雲似一朵紅雲般飛落下來，就站在了大廳寶座碎屑之上。他垂刀而立，神色如常。

岳風也從半空中筆直落下，鐵槍般立在原地。他依然是緊握著那柄「玉人劍」，雪白的臉龐上一線血痕赫然入目。

場中死一般寂靜。

「你輸了！」岳風的聲音似利劍破紗般銳利而輕捷。

場中仍是死一般寂靜。

司馬長雲傲然直立著，他忽然揮了揮手。大廳之上的「天地盟」門人立刻如潮水般退了個乾乾淨淨。

現在大廳上只剩下司馬長雲和岳風了。

「當」的一聲，「天煞血刀」突然掉在了地上。這時，一絲痛楚慢慢爬上了司馬長雲的眉梢。他胸前的衣襟似決堤的江水般噴出來一片血花！

「我輸了……『天下第一』從此是你了……」司馬長雲喃喃地說道：「沒想到，要想失敗其實也很容易啊！我以前看得太難了……」

岳風沉默地看著他。

「當這麼久的『天下第一』，我真的是太累了……。」司馬長雲任胸前血流如注，也並不出手封穴止血，「謝謝你，你讓我獲得了這一次真正的失敗，你也讓我解脫了！」

岳風忽然在心頭湧起一種複複雜雜的感情。然而，他卻無法開口。

司馬長雲將失神的目光投向大廳那高高的穹頂，一直望上去、望上去……「你知道嗎？我沒有成為『天下第一』之前，那時和你一樣年輕，也曾『採菊東籬下，悠然見南山』，也曾和一個姑娘在一起發誓相伴到永遠……但是我厭棄了那平淡的生活，於是拚命追求這『天下第一』，用不斷的勝利來填補心中的慾望……」司馬長雲的聲音似天上的遊雲一樣飄忽，「唉，現在我真後悔呀！還是從前的日子讓我難忘……你不懂的，你不懂的……可惜，我現在想回也回不去了……」

他的聲音越來越低，低得幾乎讓人有些聽不見了。

在司馬長雲緩緩倒下的時候，岳風抬起頭來，目光亮亮的，他聲音低低的說：「我懂的……」可是，司馬長雲永遠是聽不到這位知音的話了。

歸心似箭的岳風以最快的速度趕回了秀峰山。在距離石室還有十餘丈時，他就聽到了石室裡傳出的聲音。

一種無論誰只要聽過一次便無法忍受的聲音。

一種混合著呻吟、喘息、狂笑、痛哭的聲音，充滿了邪惡與激情。

一種就算是最冷血的男人聽了也不禁血脈賁張的聲音！

岳風衝過去，一腳踢開了門。

他的心立刻狂跳起來，血一下衝到了頭頂——這間石室在他眼裡已變成了魔窟！

魔窟中，白小憐正受著瘋狂的折磨。

兩條野獸般的壯漢，一個正按住她的身子，一個騎在她身上！按住她身子的那個壯漢正扳開她的嘴，將滿滿一罈酒往她嘴裡灌；騎在她身上的壯漢，正瘋狂地姦淫著她。

她原本潔白無瑕的胴體已然傷痕斑駁，而那個鮮紅如玫瑰的酒汁已流遍了她全身上下！

這兩個壯漢剛見到岳風，便喪命了！有一個的頭飛上了半空，有一個的胸膛綻開了一個血洞！

岳風出手的凌厲和迅速超過了以前任何一次！

石室裡充溢無餘的酒氣裡又平添了幾分血腥之氣。

他嗅了嗅，這種酒氣很怪，不怎麼辛辣，卻帶著些許的甜香。

白小憐伏倒在那張鋪著獸皮的石床上，背對著他。

她是赤裸的。

她雪白的脊背還像那一次月光下那麼美得驚人，絲緞般瑩白光潤的肌膚似乎每一塊都在戰慄！戰慄得很厲害！而她的人亦已似完全虛脫，癱軟如泥。

岳風的心一陣刺痛，他走上前去踢飛那兩個壯漢的屍體，彎下腰準備抱起她。

但就在這時，她忽然一扭腰，烏黑的長髮似流雲般甩了過來，向他迎面捲到！長髮似利刃，帶起的勁風颳面生疼！

岳風一剎那劍已出手，只見白光一閃，如寒電奪目，「嚓」的一聲，那烏雲般捲來的長髮立時紛紛截斷，飄散一地。

隨著長髮甩來的一瞬間，她已回過頭來——那是一張陌生而妖豔的面龐。

不是白小憐。岳風冷冷問道：「你是誰？」

話一出口，他忽覺心旌一陣飄搖，有些恍恍惚惚。不好！這酒氣中有毒！

岳風手心裡握著「玉人劍」一緊，「玉人劍」裡一股清涼之氣沁了出來，直透胸肺，他的心境亦為之一淨。然後，他一揮手，一聲慘呼響起，那女子的鮮血便似桃花般濺滿了石室四壁。

他背對著石室門口，突然開口冷冷說道：「你還不現身嗎？這個局設得實在是太拙劣了。」

門口處似鬼魅般平地冒起一個人來。

這個人全身都散發著一股濃郁的血腥氣，彷彿就是從地獄深處逃出來的厲鬼。尤其是他目光中的恨意，令任何人見了都會心寒。

岳風慢慢回過頭來。這人是薛千里。他果然報仇來了。

薛千里雙手已殘，自然已無力再害岳風了。他咬著牙狠狠地盯著岳風：「想不到你真的得到了『玉人劍』，想不到司馬盟主會敗在你手裡，想不到『天地盟』也毀在了你手裡……」

「她呢？」岳風的聲音乾淨俐落地截斷了他的話，「告訴我她在哪裡，我饒你不死！」

「她？」薛千里惡狠狠地說道，「哼！岳風！我詛咒你！你雖然贏得了整個武林，但你卻再也不會找到她了！」

一聽此言，岳風的心一下緊了，接著他整個人便似跌入了萬丈深淵。

但這種感覺只是在岳風心頭一掠而過，他心念疾轉，目光一閃，身形一動，迅如閃電，直向薛千里撲去！

抓住他！只有抓住他，才可以找到她！

然而他還是遲了一瞬！在這一瞬之間，薛千里已咬斷舌根，厲叫一聲，口中一股血雨猝然狂噴而出，飄飄灑灑，朝著岳風迎面罩來！

岳風一瞥之下，見到那點點血雨隱隱泛出暗青之色，來得有些莫名的詭異！

「嗤」的一聲，一星血花激濺在他衣袖之上，立刻炙起了一縷青煙！血花所沾之處，他的衣袖已被蝕出了一個小洞！

「天魔毒血？」岳風想不到他連這樣陰毒可怕的邪門異術也使了出來，一時來不及收身倒撤，只得揮起「玉人劍」往身前一劃！

「嘶」的一聲，只見一層白幕似的光芒平地捲起，橫在岳風身前，竟似銅牆鐵壁一般，立刻將那漫天血雨倒激回去，籠罩了薛千里！

薛千里「啊」的一聲驚呼，躲閃不及，立刻被這血雨濺滿了全身！

只聽「嗤嗤」之聲大作，他連聲慘叫，手忙腳亂，全身上下頓時冒起了縷縷青煙，「天魔毒血」正以驚人的速度腐蝕著他的肌骨！

岳風急撲上前，喝問道：「白小憐被你們抓到了哪裡？快告訴我！」

薛千里在烈焰焚身般的痛苦中掙扎著，他的舌頭已被咬斷，只能發出一陣陣含混不清的慘叫，哪裡答得出話來！

他在地上翻滾著，嘶叫著，慢慢被蝕化成了一具枯骨。

「山海幫」的大幫主顏滄水其實是和岳風一樣英俊瀟灑的青年，作為同門師兄弟，他倆的歲數本就相差不大。

此刻，白小憐正坐在他身邊的一張白玉椅上。白小憐的眼神木然地望著遠方，身子也顯得有些僵硬，通常情況下只有被武林高手以重手法制住了穴脈的人才會是這般模樣。

佳人在側，顏滄水並不是坐懷不亂。不過，他往往能用自己的理智壓抑住其他情感，使自己隨時能保持清醒和冷靜。這一個優點，是他同齡人中最缺乏的，而他卻做到了，所以他能年紀輕輕當上「山海幫」幫主。

終於，他先開口打破了大廳裡幾乎凝固了的沉寂：「我真沒想到，他真的練成了『玉人劍』，也真的破解了司馬長雲的『天煞魔功』……唉！這個賭，我終於還是輸了。」

白小憐原本想一直沉默下去，聽到顏滄水這段話，心中忽然一動，不禁問道：「賭？你和他賭的是什麼？」

「岳風沒告訴妳？」顏滄水微微有些意外，「看來，妳真的什麼也不知道，關於這個賭約，我們還得從頭說起。

「你知道我們『山海幫』開基立業數百年，歷盡劫難而愈挫愈強，憑的是什麼嗎？憑的是我們『山海幫』從內到外的絕對權威！我們的幫規第一條就規定：每一個『山海幫』的中人，都要視本幫為唯一的歸宿，並自入幫之日起，為本幫『統一江湖，獨霸武林』的大業而立誓奮鬥終身。我們幫中每一個弟兄都是經過生死考驗挑選進來的，都可以為幫中的事業獻出自己的一切……岳風和我就曾是幫裡最有名的兩個『闖將』……我們從小到大聯手對敵，身經百戰，捨生忘死，奮力打拚，終於使幫裡的勢力一天天擴大起來，風頭直追司馬長雲的『天地盟』。眼看我們『統一江湖、獨霸武林』的大業就要逐漸實現了，岳風……岳風他竟有一天告訴我：他已厭倦了這無休無止的征戰殺伐，他想脫離『山海幫』去過一種自由自在的生活。我當時震驚了，數百年來，『山海幫』裡只有戰鬥到最後一息的死士，沒有臨陣徬徨的弟子。岳風這樣想，無疑是對本幫從內到外的絕對權威的一種叛逆！這是不可饒恕的，於是我將他禁閉在後山的石室裡，讓他面壁思過。半年多的時間過去了，我用盡所有的方法來勸說他，結果都失敗了。岳風一直不肯放棄自己要脫離『山海幫』的想法。於是我和他定了一個賭約：如果岳風非要脫離本幫不可，便得靠自己的努力來贖回自己的自由之身；而贖回自由之身，則是需要付出代價的。這個代價，便是讓他為『山海幫』做最後兩件事：奪玉人劍，破『天煞魔功』。如果岳風失敗，他就必須為『山海幫』效命到最後一息；如果岳風成功，他就可以恢復自由之身，脫離『山海幫』，去幹他任何想幹的事。這兩件事在我看來，都是岳風無法辦到的。我以為他會就此退卻，但是沒想到，岳風只想了一夜，第二天早上便答應了我。」

聽到這裡，白小憐終於全明白了。當日在「望仙樓」，她曾不解岳風為什麼單刀赴約獨戰司馬長雲，原來他是為了奪「玉人劍」而來；在「秀峰山」，她也曾不解岳風為什麼要執著於修練「玉人劍」，原來他是為了破「天煞魔功」而練。他其實一直就是「玉女宮」潛在的敵人；如果沒有司馬長雲在他之前已血洗「玉女宮」，總有一天他也會上門奪劍！她心頭一絲痛苦掠過，岳風既然一直把自由看得那麼重要，難道說他為了贖得自由也會放棄對我的一切嗎？……

一剎那，她不敢再想下去。她寧可相信這一切都不是真的。同時，她也終於明白顏滄水為什麼要暗算自己和綁架自己了。

她冷冷說道：「顏幫主的城府之深，堪稱天下第一人：一個賭約，滅掉了『玉女宮』，毀掉了『天地盟』，為『山海幫』除掉了兩大勁敵，真是可怕！卻不知顏幫主今日將我白小憐一個弱女子擒來作甚？難不成顏幫主看到岳風奪得了『玉人劍』，破解了『天煞魔功』，一舉成為武林第一高手，自己眼紅得緊，以為擒來我一個弱女子便可要挾岳風？不過，你想過沒有，此時岳風已是天下第一高手，沒有人制約得了他，他也不會用『玉人劍』來換你給他什麼自由！而我，也根本不是可以要挾得了他的一個砝碼！我助他練成『玉人劍』上的功夫，是請他為我祖母復仇。他已經幫我復了仇，也就可以不必再對我有什麼承諾了。——顏幫主這一番苦心怕是白費了！」

顏滄水聽著她的話，微微的笑了。他的笑意如潭水般深不見底：「妳錯了。妳以為我是一個野心勃勃的武林狂人？不是這樣的，我不會眼紅岳風的武功，岳風的武功本就是我們『山海幫』的驕傲，這有什麼可讓我眼紅的？我其實對自己的名譽、權勢、地位都不在乎。司馬長雲一生中最看重的是武功搏擊，他從中得到了人生最大的刺激和樂趣；岳風一生中最看重的是個人自由，他以為自由就是最大的幸福。而我和他們根本不同，我最看重的並不是一個人的體驗和感受，而是整個『山海幫』從內到外的絕對權威！我可以犧牲自己的一切來塑造和維護『山海幫』的絕對權威，事實上我也這樣去做了……為了使『山海幫』在江湖上的絕對權威永遠一代接一代傳承下去，我個人的一切、我們幫中人的一切，又算得了什麼？百餘年後，人們可以不記得顏滄水，也可以不記得岳風，但他們一定還會像現在一樣，對強大無比的『山海幫』頂禮膜拜——這就是我最大的幸福了！」

當顏滄水談到「山海幫」時，目光裡充滿了一種狂熱與執著，白小憐注意到了這一點，不覺在心底慨然長嘆。卻見他的臉色忽又似冰峰一樣冷下來：「但是，無論是誰，只要膽敢挑戰『山海幫』的絕對權威，就一定得死！」

說這句話的時候，他臉上的殺氣變得愈來愈濃：「岳風身為本幫二幫主，居然在本幫勢力最強盛的時候卻掛劍而去、退隱江湖，這會讓江湖中人怎麼看本幫？他們會說『山海幫』連自己內部的人都統一不了，又怎能統一整個武林？這難道不是對『山海幫』

絕對權威的一個嘲弄嗎？不行！無論如何，我都不會讓他這樣自由下去的！」

白小憐的眸光中掠過一片憂鬱，緩緩說道：「我終於明白了……其實，從岳風當初提出脫離『山海幫』的想法之日起，你就決定了讓他去死。奪『玉人劍』，破『天煞魔功』，這本身就是讓他去送死！現在，他居然在賭約中勝出了、生還了，但在你的計畫中他依然得死！只不過，現在他已不在你勢力掌控範圍之內了，你又怎能除掉他？」

顏滄水的笑意還是那麼深沉，那麼自信：「你又說錯了。第一，身為岳風的師兄，我很了解他的為人，不錯，他確實是一心在追求自由，為了自由，他甚至可以脫離『山海幫』——但，他並不自私。妳為他奉獻那麼多，他絕不可能拋棄妳。有妳在我們『山海幫』，他就始終無法逃出我的掌握之中。」

「第二，岳風雖已練成『玉人劍』，也打敗了司馬長雲，但他還是不真正的天下第一。我們『山海幫』雄立江湖數百年，豈是一兩個武功非凡的人撼動得了的？妳也許不知道，司馬長雲死後沒幾天，他『天地盟』裡有十之八九的門人就徹底歸順了我『山海幫』。妳知道，這是為什麼嗎？」

白小憐一怔。

「司馬長雲為人高傲、自負，霸氣蓋世，武功超凡，短短五年間創立『天地盟』，勢力覆蓋了天下武林的一半……這是他的『鯨呑』之術！而我們『山海幫』卻一直在韜光養晦，不聲不響、毫不張揚地在暗中擴張著，我們呑併了他的各大分舵，我們收買了他的各堂堂主，我們早已蛀空了他的整個基業，所以他一死，他的門人弟子便如風行草靡般歸順我『山海幫』——這便是我的蠶食之功了！」說到這裡，顏滄水不禁為自己這一手『傑作』有些得意起來，「說來也怪司馬長雲自己，他的武功雖高，卻只知窮兵黷武，嗜戰成性，哪裡懂得什麼謀略之術？他當年出生入死、浴血奮戰，辛辛苦苦打下的偌大基業，到頭來卻不過是為我『山海幫』做的嫁衣而已！」

白小憐聽到這裡，才深深感到了顏滄水的可怕。她噤若寒蟬，竟是不敢開口。顏滄水說完，慢慢舉起了右掌。他的右掌忽然在陽光下變幻出一種妖異而詭祕的光彩，忽青忽藍，令人目眩神迷。但，這種異象僅僅是曇花一現，瞬間之後，他的手掌又恢復如常。看著自己的右掌，顏滄水喃喃自語道：「武功天下第一？他們也堪稱武功天下第一？這些年來，我一心只想讓『山海幫』如神話般崛起，已委屈這隻手掌太久了！」

然後，他一掌向自己面前的青石桌桌面輕輕按了下去。這一掌很輕很輕，既無剛猛之勢，又無陰柔之勁，在任何人眼裡，它只是普普通通的一掌。

他的手掌在桌面上按了一下，便緩緩提起。白小憐不禁向那石桌看去，卻見它依然一動不動立在那裡，似乎絲毫無損。她正遲疑之間，那石桌突然便似烈焰中的蠟一樣無聲無息地消融了，慢慢淌成了一汪石漿。

然後，顏滄水用微微得意的目光斜睨著她，一字一句地說道：「我想『玉人劍』再厲害，只怕也鬥不過我這上古祕技、驚世絕學——『秋水無涯掌』吧？也許，你現在才應該知道，誰才是真正的『天下第一』！」

岳風坐在顏滄水面前，神色有些憔悴。顏滄水卻沒有看他，雙目平平注視著身側一支金鼎裡裊裊上升的香煙。香煙在微風中搖曳成千姿百態，令人看得眼花撩亂。顏滄水看得有些專注，以致岳風連咳了三四聲才將他的目光拉了回來。

岳風在顏滄水深不可測的目光裡開口了：「師兄，我遵守我們約定，奪來了『玉人劍』，也破了司馬長雲的『天煞魔功』，『山海幫』最難對付的敵人已不復存在。現在，你可以還我一個自由之身了，而我也可以去過自己喜歡過的生活了。」

雖然顏滄水早有心理準備，但岳風這番單刀直入的話仍然讓他的表情變得有些複雜。他喃喃地說道：「你終於實現自己的願望了！你終於可以脫離『山海幫』，脫離這個江湖，去過自己想過的日子了。我本以為，你絕對不會得到『玉人劍』，絕對不能破解『天煞魔功』，所以你也絕對無法脫離『山海幫』，也絕對無法脫離這個江湖。可是……你終究還是成功了！如今你武功已天下無敵，你隨便過什麼樣的生活都可以，又何必一味地去追求單純的自由？依師兄之見，擁有權力，才會擁有自由！師兄正準備將幫主之位讓給你……」

「不用了，真的不用了。」岳風悠然說道，「師兄，你難道還不了解我的個性嗎？我已經厭倦了這打打殺殺、爭爭奪奪的江湖生活，我想變回一個凡人，去過一個普通人過的自由生活。」

「小風，難道你忘了我們『山海幫』代代相傳的『一統江湖』的大志了嗎？如今你已經使『山海幫』得到了前所未有的聲威，你難道不想讓『山海幫』永遠執天下武林之牛耳，永遠成為天下第一大派嗎？師父將這偌大的基業傳給你我，就是希望我倆能繼續讓山海幫在江湖中獨領風騷啊！……想不到現在強敵已滅，你卻要拋下這一切，忍心讓師兄一個人獨力支撐嗎？……」

岳風緊緊閉上了眼，他的心在隱隱作痛。不錯，師兄這幾年為了「山海幫」的事業殫精竭慮，苦苦打拚。才二十八歲的他，滿頭的秀髮中便已平添了不少銀絲，確實是艱辛之極啊！但他咬了咬牙，還是不能答應，如果一答應，自己就成了第二個司馬長雲了。他永遠也忘不了司馬長雲臨死前的喃喃自語啊！他半晌才開口說道：「事實上，師兄，你才是真正能使『山海幫』如日中天的中興之材，而我已經無意於征戰殺伐，留下來也對幫裡沒什麼作用……你讓我走吧，我眼下就有更重要的事情去做。」

「更重要的事情去做？」顏滄水一怔，臉上表情一陣凝固，突然一字一句地問道：「這件事是你單槍匹馬能夠做得了的嗎？如果脫離了山海幫，脫離了這個江湖，你一個人可以做得成嗎？」

他的聲音不重，卻在岳風心頭引起一陣劇震。是啊！天下之大，自己一個人能找到白小憐嗎？自己一個人能救出白小憐嗎？他不敢再想下去。然而，他的心又慢慢沉靜下來，許久許久，方才說道：「我不能退回到江湖中去，如果退回去，我不如一死！我要讓人生重新開始。如果我失敗了，我也不會後悔。」

大廳裡久久地大廳裡久久地靜了下來，顏滄水望著廳外漸濃的暮色，終於慢慢開口了：「去吧！離開這個江湖，走得越遠越好！……佛說：我不入地獄，誰入地獄？」

一剎那，岳風的淚奪眶而出。

就在岳風感動流淚的一剎那，顏滄水木然地伸手揮了一揮。但是，這不是為了送別而揮手，而是猝然發難的一揮手！

岳風臉頰上淚痕未乾，卻已感到大師兄揮手之間便有無邊無際、無窮無盡的潛勁從四面八方向自己吞沒而來，——他忽然覺得自己彷彿墮進了一片無形的大海。面對這無形的大海，他的一切反擊都無法使自己逃脫滅頂之災。

大師兄依然是那麼靜靜地站在他對面。岳風從大師兄平靜的臉上看出了一絲冷酷。他想衝上前去抓住他問為什麼，然而大師兄離他雖僅有數尺之遙，他卻真真切切感到自己和大師兄之間隔著的卻是那一片永遠無法跨越的無形的大海。

突然他明白了：大師兄就是寧願把自己溺死在這「海」中，也不會放自己離開這個「山海幫」的了。於是，岳風終於恍然，也隨之坦然。——他在這無形的大海中一聲長嘯，拔劍而出！

「嗖」的一聲，一抹淡淡的白光似遊雲似幽夢飄掠而出，在這無形的大海中破浪而前！

「嚓」的一聲，一切都凝止了。那無形的大海停止了奔騰咆哮，那一抹白光也停止了橫衝直撞。

大廳中，只有顏滄水和岳風對面而立。

「玉人劍」還持在岳風手上，但它已失去了瑩瑩的光芒。慢慢的，「玉人劍」已似驕陽下的冰一樣消融了。

然後，岳風的整個身心的精氣神隨著「玉人劍」的消融，也彷彿一下被抽得乾乾淨淨。他的武功，竟已完全消失。

顏滄水靜靜地看著他，緩緩開口了：「岳風，你為了所謂的自由，放棄了這原本輝煌的一切，值得嗎？你後悔嗎？」

岳風雖然已是全身無力，但他的聲音還是那麼硬朗：「值得，我絕不後悔。」

顏滄水久久無語，背過身去緩緩說道：「我廢了你的武功，從此你和『山海幫』的恩怨一刀兩斷，一如你當初以常人的身分進入『山海幫』，現在又以常人的身分退出『山海幫』，這應該算是公平了！我知道你那件更重要的事是什麼。在你和司馬長雲決鬥的那天晚上，我派幫裡的弟兄將白姑娘接了回來。你現在到後花園去帶她走吧，她正在那裡等你。」

岳風慢慢站了起來，流著淚，看著顏滄水的後背，慢慢倒退著走了出去，走入大廳外燦爛的斜陽金輝裡。

待岳風漸漸遠去，顏滄水這才慢慢回過頭來，看著岳風的背影，他忽然想喊，卻又沒喊出聲來。他看著面前地下那「玉人劍」消融成的一泓水晶，苦苦一笑，英俊而年輕的面龐淡沒在繚繞的香煙裡。他心中已知道自己和一個極珍貴的東西永遠失之交臂了，卻再也無力去挽回來。

是呵！岳風又怎會知道白小憐在後院其實是被前來為司馬長雲復仇的「天地盟」徒眾看管著？他喪失了武功，只不過是去送死罷了。而顏滄水的雙手永遠是白皙的，從來沒有沾上一絲血腥。直到最後一刻，他才終於徹底放棄了對岳風的勸說，做出了一生中最痛苦的決定：為了使「山海幫」至高無上的權威成為一個真正的神話，也只有犧牲他們了。

顏滄水用白皙的雙手整了整衣衫，讓自己的精神從一種莫名的困擾中振奮起來，——明天就是召開「天下武林統一大會」的良辰吉日了！

蠱人

一、報仇

斜暉如金，晚風習習。樓下，幾株老梅傲人地在初冬開著鮮亮紅豔的花，鐵骨錚錚地傲立著。

這幾株梅花吸引了酒樓上一位白衫青年凝亮而熾熱的目光。他在靠窗的一張桌旁坐著，白皙的右手放在面前青亮如玉的茶杯邊上，目光望向窗外的梅花，任茶杯中裊裊的水氣在他眼簾前飄成千姿百態。

「公子，聽一支曲兒吧！」一個清清亮亮的女孩兒的聲音彷彿從遙遠的地方飄來，將白衫青年的目光拉回到酒樓裡。

他慢慢轉過臉來：清細的雙眉如劍一般斜飛入鬢，深亮的瞳眸如湖一般純淨明晰，高挺的鼻梁如山脊般堅剛有力，在一種飄逸脫俗的氣質襯托下，這一切都那麼令人望而可親。

前來請他聽曲的那個女孩兒只是微微抬頭看了一眼這白衫青年，便含羞草一般低下了頭，在這青年公子奪人的風采中，她不敢再抬起頭來。

白衫青年淡淡地一笑，笑得那麼清逸那麼溫和。他慢慢從袖中取出一錠白銀，放在桌上，輕輕說道：「今天我不聽曲兒……」

一聽這話，女孩兒的心立刻墜入了深深的失望之中，急忙抬起頭來——迎上他那星星般明亮的目光，她又有些手足無措起來。

「可是，我想妳的曲兒一定很好聽，明天我再來聽。」白衫青年的聲音如春風般輕柔，「這銀子是我先付給妳的定金。」

女孩兒怯怯地咬了咬嘴唇。她和她那位雙目失明的奶奶已經兩天沒吃飽飯了，這錠銀子對她來說無異於雪中送炭。而且，她能從這位公子的目光中真真切切地感到一種春天般的暖意。於是她上前拿起那錠銀子，跑了。

白衫青年望著她的背影，目光裡充溢著無限的憐愛，一種對待自己親妹妹一般的憐愛。是女孩兒那一雙打滿補釘的繡花鞋讓他忍不住拿出這錠銀子的。他希望看到她明天能買一雙漂亮的新鞋來唱曲——這裡的冬天太冷了，沒有一雙好鞋，會把她凍壞的。

他今天確實有事，沒時間聽曲兒，他一直在等人。他的心情因為太長的等待而有些煩躁起來。不知為什麼，一種微微的不祥的預感總在他腦中揮之不去。

他漸漸蹙起了眉頭。蕭水寒每隔兩個月便會在黃昏時分到這「吟風樓」裡與他聚會一次。可是今天他為何竟會遲遲不來？

面前的茶已冷卻，窗外也只剩下最後一抹陽光在黑暗中慢慢湮滅。他猛一抬頭。蕭水寒高大的身形終於出現在樓梯上。

他靜靜地看著蕭水寒慢慢走近，臉上的微笑慢慢轉為了驚愕，眸中的欣悅慢慢變成了沉鬱。蕭水寒的臉龐如往常一樣蒼白，但今天看來卻白得有些虛弱。而且他的呼吸也不似乎時那般舒緩自如，今天聽來卻有些粗重急促。他一步一步地走著，每一舉步腳上便似壓著千斤重荷，落地很沉重。

只見白影一閃，他已驚鴻般急掠而出，右掌一伸，按住了蕭水寒的胸膛。

「沒用的……」蕭水寒澀澀地一笑，「你給我體內灌注再多的護身真氣也沒用……我的心脈早已斷了……」

「誰幹的？」他的臉色一下鐵青起來，一剎那間這位風采翩翩的美公子已似變成了令人望而生畏的怒目金剛！

「唉！是禍躲不過，你又何必追問呢？……」蕭水寒的眼神有些空茫起來，「這也許是上天在為我洗淨雙手的血債呢？……死了，一切也就解脫了……這豈不很好？」

「胡說！」他無法接受蕭水寒眼神中的那片空茫，「我們沒有欠債，只有這世上的人欠我們的債。水寒，是誰下的毒手？告訴我！」

「我不知道。他們全都蒙著面。也許是峨嵋派？也許是崆峒派？也許是青城派？……他們的武功來路很雜……」蕭水寒的話聲慢慢沉重起來，「唉……林飛，走吧！這裡不會再清靜了，這次，我殺了他們四十多個人。如果你不盡快離開這裡，恐怕到時候是成千上萬的人殺上門來……我不希望小婉也被再次捲進來……我們才過了幾天清靜日子呵……」

「你要我帶她走？」白衫青年林飛問道。

蕭水寒重重地點了點頭：「只有你和她在一起，我死了才會放心。」

「好吧！」林飛也重重地點了點頭。

「記著：快去找她，不要報仇！」蕭水寒的這十個字是慢慢從喉嚨裡擠出來的，然後他的臉色陡然一灰，「噗」的一聲，在四周茶客投來的驚恐的目光裡，他的口中一股血雨激噴而出，灑向窗外的天空，宛如忽然飄起了一片細細的紅雪。

在愕然中，眾人只見得眼前一花，酒樓裡除了一地的血斑之外，那兩個青年已幻影般消失了。

桌上，茶冷如冰；窗外，梅紅如血。

桃花嶺，暗香園，芳草萋萋，清氣襲人。

葉小婉正在亭子裡默默地看著皎潔的滿月在夜空中隱沒成一隻玉鉤，亭外草叢裡的蟲豸淺唱低吟著，使她心頭莫名的愁意愈來愈濃。

亭外忽然一陣柔風掠過，小婉慌忙轉身看去，看到了站在亭口處的林飛。林飛帶著一股莫名的惆悵，倚著亭柱，無語而立，白衫在淡鬱的月光裡朦朦朧朧地飄動著，眼眸裡有星星般的光亮在閃爍。

他木然地看了她很久，忽然對她笑了一下，笑容裡有些蒼茫。

「林飛?」小婉的聲音禁不住顫抖了起來,「水寒呢?你為什麼會來?」

「我是來接妳的。」林飛的聲音悽悽涼涼,「水寒麼?他已經解脫了,以後妳……妳不用再等他了。」這些年來,林飛東奔西走追查師父當年的遇害真相,卻把小師妹葉小婉托給三師弟蕭水寒照顧。今天,他也是多久以來初次見她。

「解脫?」小婉的聲音充滿了無數的疑問。

她的目光太沉重,林飛微微低眉避了開去,撒了個謊:「他自殺了。」

「你騙我!不可能的!」小婉呆了一下,然後瞪大眼睛盯著他,目光凌厲得令他幾乎不敢正視,「他今天清早出門時還說要請你晚上到園裡聚一聚……他怎麼就自殺了?」

林飛的眼神有些悽迷,他慢慢地說道:「他自殺前給我提供了一個線索……他說師父曾談起過,在陰陵山上產有一種『龍芝草』,能解『蠱丹』之毒……可是近來他的毒發作得太厲害,他控制不住了……你知道,他的忍性並不是太好……於是,他就……他希望我能取回『龍芝草』,了卻他心中的遺願……」

小婉全身顫抖起來,淚水奪眶而出。

林飛走上前去，擁她入懷。小婉終於哭出聲來。在林飛寬闊的胸膛裡，她肩頭抽搐得厲害、淚水浸溼了他一身的衣衫。

月落日昇，沉默如山的林飛擁著小婉直到她再也哭不出聲來。

「我要去一趟陰陵山。」林飛終於開口了，悠悠他說道，「我不在的時候，妳回冥山去住一段日子。冥山有我和水寒合力創下的誰也破解不了的『九宮迷徑』，可以保證妳的絕對安全。而且，誰也不會料到妳會住在冥山……」

「我也和你一起去陰陵山！」小婉在他懷裡仰起險來看著他，淚光裡的雙眸閃閃亮亮。

「不行！」他搖了搖頭，「等我把那解藥尋回來！」

許久，小婉勉強地點了點頭：「我等你。桃花盛開的時候，我希望在這裡見到你安然無恙地回來。」

林飛慢慢地抬頭望向天空，把她又抱緊在懷裡，聲音清清淳淳的在她耳邊響起：「水寒自殺了，我感到了一種深深的孤獨。只有妳，才會使我不致於失去繼續生活下去的勇氣和毅力。我很想和妳在一起。但是，為了完成水寒的遺願，我必須去一趟陰陵山……這一路上很不安全，妳不用去的。真的不用去。我一定會回到妳身邊，用餘生的時光來陪伴妳。」

小婉慢慢的抬起頭來，靜靜地看著他，恨不能將他的面貌印在瞳眸深處，印在記憶深處，印在每一個夜夢裡……然後她憂鬱地「嗯」了一聲，閉上了雙眼，淚如珠落。

一陣微風掠過，她只覺全身一鬆，急忙睜開雙眼，林飛頎長的背影已在晨霧中淡得幾乎看不見了……她忽然想起，自己本該告訴他的：這段時間裡，她常做惡夢，夢見的竟是師父和大師兄……

「象牙塔」絕對稱得上是南京城裡最輝煌、最耀眼的建築之一，它浮華得如同雲端上的瓊樓玉宇。

然而，這塔裡卻顯得非常空蕩，空蕩得像一筒真正的象牙。

它的空蕩，表現在偌大一座塔樓，卻只有一個人在裡邊常住。這個人其實擁有數以萬計的手下，可除了他本人親自召見和手下人有要事稟報之外，平時沒有人敢踏進塔門半步。

此刻他正在塔樓頂層的閣室裡默默地啟開一封密函。

函上寫得十分簡潔：蕭水寒已死，林飛失蹤，葉小婉住址不詳。

他的目光定在那函上許久許久，兩行清淚緩慢流下，滴溼了函紙。然後他慢慢擦去眼淚，坐在虎皮椅上，遠眺窗外，黯然無語。

突然，他雙手一拍，樓梯處立刻「噔噔噔」走上來兩個人：一個是長鬚白袍的中年文士；一個是面目冷俊的黑衣青年。他倆鷹視狼步，霸氣凌人，一見便是武林中頂尖兒的內家高手。

那人在虎皮椅上看著他倆走近，目光裡意味深長。他悠悠地說道：「想不到本座有『天山雙奇』侍衛在側，依然會有人乘隙而入……」

原來這白袍文士和黑衣青年便是江湖中聞名遐邇的「天山雙奇」。傳說這二人武功之高，已達到了匪夷所思的境界。當年，「蕭山三怪」橫行塞北，一時無人敢與攖鋒，卻在一夜之間盡斃於「天山雙奇」之手。此事傳入江湖，無人不驚，無人不服，而「天山雙奇」的名頭便也在那一戰之後響遍了三山五岳。如今，這虎皮椅上坐著的人竟當著他倆的面突發此言，實在令二人大感詫異，不知所措。

那人的話音剛落，他頭上的樓頂橫梁處便響起了一聲長笑。

在長笑聲中，塔樓頂上的半空裡竟赫然走出來一位白衫青年。他剛一現身，便有一股刀鋒般冷峻的氣質向塔樓中的另外三個人直逼而來！他整個人給你的感覺就像一柄脫鞘而出的利刃那樣潔淨、明銳！

在「天山雙奇」驚訝的目光中，這白衫青年竟似淩虛高蹈一般在半空中一步一步走了下來。他一步一步憑空走著，就像走在一段無形的階梯上。

「哪來的狂徒？！」「天山雙奇」中的黑衣青年「嗖」的一聲如同一支利箭射了出去，雙掌如刀，直刺白衫青年前心！

就在這一刹那，白衫青年迎著他不慌不忙伸出了右手中指。

他中指一伸，竟有金刃破空般的銳嘯之聲刺耳而來！——他的中指便似化作了一支利劍！

黑衣青年大吃一驚，覺得自己前撲之勢已被他這破空一指盡行封住——急忙一個倒翻落了回去！

而這時，白衫青年已離樓面不足二尺！卻見白影一閃，「天山雙奇」中的白袍文士亦已似電光石火般向他截擊而至：他一雙長袖疾伸而出，勢如利剪向著白衫青年腰肋之間交叉一拂。

然而就在這一拂之間，竟有八種全然不同的內家真勁隨袖而發，或陰或陽，或正或奇，或剛或柔，或虛或實，八面出擊，勢不可擋！

白衫青年卻是微笑著身形一旋，團團流轉，挾風裹雷，轟然有聲，勁氣四溢，儼若一輪白雲，對方隨袖發出的八種內力一瞬間被捲化淨盡！

白袍文士見狀，不禁一怔——他這「行雲飛袖」竟是第一次被別人破解得如此乾淨俐落！

卻見坐在虎皮椅上的那人睎起雙眼，唇邊帶著一絲笑意，慢慢開口道：「林飛，想不到是你。」

林飛面色肅然，緩緩道：「大師兄，別來無恙？」

被他稱為「大師兄」的人撣了撣衣袖，咳嗽一聲，「天山雙奇」立刻悻悻然住了手。他目光一抬，直視著林飛，道：「林飛，我們多久沒見面了？當年冥山一別，你、水寒、小婉杳無音訊，我實在是想念得很哪！你……你們過得還好吧？」

「差不多四年沒見面了吧？！……我還以為大師兄在冥山一戰中遭到不幸了呢……」林

飛沉沉靜靜他說道，「沒想到大師兄苦心孤詣臥薪嘗膽，在這四年裡創立了『無敵門』，威震江湖，名揚天下……我真的沒想到大名鼎鼎的『無敵門』門主就是大師兄你……」

「我這是在繼承師父的遺志……」大師兄慢慢地說道，「師父耗盡畢生心血，造就我們一身絕世神功，原本就是希望有朝一日我們能光大師門……可惜，師父卻已看不到我司空邁今天的成就了……」

林飛臉色依然那麼沉靜：「大師兄還是念念不忘實現師父當年的遺志……」

司空邁沉默了下來，許久許久才開口問道：「林師弟，今天你不期而至，總不會是忽然想起來和師兄聊天敘舊的吧？」

「三師弟死了。」林飛一字一頓他說道。

塔樓裡立刻沉寂下來，空氣都已凝結。

「水寒，死了？！」半晌，司空邁雙眉緩緩豎立如刀，漸漸透出一股淩厲的殺氣，「是誰幹的？」

「從他身上的傷勢來看，是那些所謂的武林正派人士幹的。」林飛冷冷地說道，「只有他們，才對我們有這樣的深仇大恨。」

「不錯，當年冥山一戰，武林各大門派鎩羽而歸，門人弟子死傷無數……看來，他們一直對此耿耿於懷，伺機發難，向我們師兄弟三人尋仇來了……」司空邁的目光深深地投注在林飛的臉上，「水寒已死，小飛，你的處境也很危險啊！」

「所以我今天才來找你。」林飛長長一嘆，緩緩說道。

「我早就說過：我們師兄弟分則弱，合則強。」司空邁忽然亢聲說道，「小飛，你到我這裡來，實在是太好了……只要你我聯手，必能蕩平武林各大門派，為師父、為水寒報仇！」

他說完，大袖一揮，身邊的「天山雙奇」立刻退了下去。

林飛感覺得到「天山雙奇」在走下樓梯前向他射來的充滿了嫉妒與殺意的目光，他淡淡地笑了。他從未想到過自己將在「無敵門」中威脅到別人的地位與利益，只因司空邁出於同門情誼的一份關切，便立刻把他推到了這樣的境地。他無奈之中，只是覺得一陣可笑。

塔樓裡只剩下他倆了。似乎總是那麼威嚴沉雄的司空邁用一聲長長的嘆息打破了靜寂，神色慢慢黯然下來，雙眸中淚光隱現，緩緩說道：「水寒死了，我很難過。」

情動於衷的八個字，竟令林飛也感到一陣鼻酸。然後他看到司空邁緩緩仰視著塔樓穹頂，悠然說道：「小婉還好吧？」

「如果不是為了小婉，我也不會來找你。」林飛開門見山地說道，「水寒一死，他們下一個目標必定是我。我倒不是怕了他們的追殺。我只是希望她能過得安寧一些，幸福一些。也許只有大歸兄你的『無敵門』可以成為我們的暫時棲身之所，待我替水寒報了仇，我和小婉再隱居起來……」

「隱居？」司空邁冷冷地笑了，「小飛，難道你忘了師父當年刺在我們背上的那八個血字了嗎？」他的聲音極凝重極有力，緩緩地壓向了林飛。

「『苦練神功，光大師門』？」林飛霍然一驚，「大師兄，你……你……」司空邁猛然一聲長嘯，全身輕輕一抖，潛運內力一震，腰間金帶自動卸落，身上玄袍飄然離體。他緩緩轉過身來，寬闊的脊背上刺著的那八個大大的血字——「苦練神功，光大師門」赫然入目！

林飛的心頭隨之「突突」地狂跳起來。看著師兄背上這八個血字，他的內心深處一種野性的力量正在勃然復甦……

「你不要忘了，我們是『蠱人』，是師父按照『小行天神功速成大法』心訣用畢生精力與才智創造出的『蠱人』……」司空邁的聲音冷冷的、沉沉的，如同在訴說一個鐵的事實，「師父造就了你我一身驚世駭俗的武功，本就是為了讓我們實現他『振興武學、光大武林』的遺志……當年，我們冥山一派在江湖中與世無爭，師父亦只是埋頭精研武學，一心一意要做一代宗師，從來不存一絲惡意……可是，那些所謂的武林正派人士對他卻視為異類，橫加誅殺……如今，他們又暗害了水寒，仇已結下，豈能善了？你我武功蓋世，聯起手來，又怎會怕了他們？殺！殺！殺！殺了他們！為師父報仇！為水寒報仇！」

林飛狼一般厲嘯一聲，反手一揮，他身上的白衫也脫體飛去，光潔而厚實的脊背上「苦練神功，光大師門」八個血字，亦赫然而現！

兩個人在塔頂上同時仰天長嘯，嘯聲深長激越，遠遠傳了出去，令在塔底下恭候著的「天山雙奇」和所有聽到這嘯聲的人各自在心頭不禁打了個寒噤。這嘯聲中的殺氣，實在是太旺太盛！

嘯聲過後，司空邁緊緊地盯著林飛，目光裡的戾氣如血一般濃厚起來，雙眸紅通通的：「你進了我無敵門，我就封你為副門主。我們立刻就開始為師父和水寒報仇。現在，你必須為我，也是為師父和水寒先殺三個人！」

林飛慢慢地問道：「殺三個人？」

「殺人，這對你來說，應該不會生疏……這三年來你體內的『蠱丹』之毒是怎麼壓抑的？」司空邁不容反駁地說下去，「還不是和我一樣，是靠殺人飲血來壓抑的！怎麼？你對殺人還像以前那麼厭惡嗎？但是你若不殺人，你怎能壓抑那『蠱丹』藥性發作呢？也許你和水寒一樣，也是靠殺惡人、飲惡人血來壓抑的？！」

林飛的整個心突然抽搐起來、他鐵青的臉色中泛出一絲蒼白：「他們是誰？」

司空邁沒有接他的話，而是自顧自說下去：「師父種在我們身上的『蠱丹』之毒雖然令我們殺人如麻嗜血成性，但是……每殺一人，每飲一人之血，我們的功力便會暴增三成。是千千萬萬的性命和血造就了我們今天無人能敵的蓋世功力！我敢自信地說，實現師父的遺志，在我看來，只是指顧之間的事！四年來，我的『無故門』如狂飈般崛起，江南武林各大門派己是望風臣服……我現在得你相助，更是如虎添翼……下一步，我正謀劃著向江北武林出發……在消滅恆山、華山等江北各大門派之前，我想先殺掉三個在武林中舉足輕重的人……他們也是當年冥山一戰中致師父於死地的那三個人……用他們的血來立威，其他門派就只有束手待滅了！」

「我知道了，是當年和師父齊名天下的『南俠』、『北僧』，和『東侯』嗎？」林飛終於明白過來，「可是……」

「可是他們的武功不容輕視，是嗎？」司空邁的聲音裡透出一種莫名的陰冷，「但是我有你呀！『血劍狂生』林飛！六年前你一劍獨斬『塞外五魔』，己令天下多少英雄為之膽寒！冥山一戰中，崑崙派掌門莫笑天不也是喪生在你的『赤鋒劍』下嗎？那時你才二十歲啊！……這四年來，想必你更是武功精進，一日千里……雖然那三個人與師父齊名天下，但我們是『蠱人』啊！……我相信你，你一定能殺掉他們的！」

「殺了他們，我們就在江湖中成為眾矢之的了！」林飛沉吟著說。

「你不傷人，人必傷你！各大門派己聯合起來殺害了水寒，難道我們還要等他們前來將我們各個擊破嗎？」司空邁狠狠地說道，「當年武林十大門派知道了師父在研究『小行天神功速成大法』和製造出『蠱人』的消息之後，他們全都被師父震古鑠今的成就所刺激，瘋狂地卑鄙地聯起手來將師父圍攻而死……想我冥山一派何負於天下武林？竟被各大門派視為仇寇妄加迫害……江湖雖大，卻無你我容身之地！這些痛苦和仇恨，你忘了嗎？」說到後來，司空邁已似一頭受傷的野獸，喉間擠出狂怒的咆哮，眼睛裡爬滿了密密的血絲，「小飛！我們只有並起肩來！剷除這些妄自尊大的武林名門正派，殺盡這些嫉賢妒能的武林庸才，實現師父『振興武學、光大武林』的遺志！讓我們翻過這個天來看一看！」

林飛慢慢低下了頭，仰手搭在腰間的劍柄上，沉靜而有力地說道：「大師兄，我答應你……」

黃州赤壁磯，月如玉盤，千里銀輝，萬頃白浪。

江風吹拂中，磯頂上「南俠」楚天南的雙袖飄揚著，顯出一派超塵脫俗的仙鳳道骨。

楚天南是武當派的俗家第一高手，武林中傳說他的武功之高，尚遠在他師兄——武當派掌門天柏道長之上。他自十六歲開關出師以來，仗劍獨行江湖，滅「南溟八怪」，破「天都大陣」，三十年間躋身天下武林絕頂高手之列，與「北僧」元空大師、「東侯」楊子雄、「西狂」葉公龍並稱「絕代四傑」。四年前，冥山派掌門、「西狂」葉公龍研成「蠱丹」之毒，造出可怕的武林異類「蠱人」，引起天下武林正派人士群起而討之。在摧滅葉公龍和他的「蠱人」一役中，楚天南拚死出擊，戰至劍折人傷，為此役全勝立下了奇功。然而，此後楚天南便似龍潛潭底，突然在江湖中銷聲匿跡了。可是，今日楚天南卻為了一封書信，連夜乘舟南下黃州，逆風行船，力爭要在天亮之前趕到赤壁磯。

其實，信上只是簡短的一句話——「為報大仇，取君首級，二月初七，月圓時分，赤壁磯。」署名是龍飛鳳舞的兩個大字——「林飛」。

楚天南身後站著的是他的至交好友、「洞庭幫」幫主吳正風。吳正鳳倒並不擔心他的朋友會有什麼不測。楚天南的劍法出神入化，下海斬蛟、上天屠龍均是輕而易舉，只怕千軍萬馬也封不住他那柄「玉松劍」的劍芒。他只是奇怪楚天南為何竟會為一個名不經傳的「林飛」遠來黃州勞頓一番，便不禁問道：「楚兄莫非認識那林飛？」

「四年前見過一面。」楚天南遙望江面，頭也不回，隨口說道。

「他和楚兄真有什麼大仇？「

「唔……」楚天南悠悠他說道，「林飛在四年前有一個江湖名號，叫『血劍狂生』」。

「『血劍狂生』？！我記起來了……」吳正風拍了拍腦袋說道，「是不是葉公龍那老賊門下的『蠱人』弟子『血劍狂生』？」同時他又禁不住打了個寒噤：「怎麼？他在當年冥山一戰中竟然沒死？」

「所以他來尋我復仇啊！」楚天南淡淡地一笑，「這小子當年和我較量過劍法，和我拼了足足一百零八招……英銳之氣，絲毫不讓我『南俠』初出山時啊！」

「那你可要小心點！」吳正風不無憂慮地說道，「『蠱人』的式功詭異絕倫，當年那一場惡戰，我們是費了多大的勁才把他們擊敗的啊……」

他的話音未落，便己見到江面上月光波影之中，一葉輕舟悠然而來，遠遠望去真如蘇大學士的《赤壁賦》中所繪那般「縱一葦之所如，凌萬頃之茫然」，輕飄飄己駛到了赤壁磯下。

楚天南放眼看去，只見得那船頭處一位白衫如銀的偉岸青年瀟灑而立。他正將一支玉簫放到唇邊，輕輕吹了起來。

一縷簫音繞空而起，清細如絲，裊裊不絕，其情其韻卻是如怨如慕，如泣如訴，似江底潛蛟淺吟低嘯，似風中寶駒輕嘶長鳴，蒼蒼涼涼，悠悠揚揚，似有千曲萬折，蘊味無窮。

簫音漸低，那青年的話聲已穿透獵獵江風，一字一句清晰傳來：「晚輩林飛，有請楚天南楚大俠移駕到我舟上一敘！」

楚天南暗一運氣，便欲掠出，吳正風一把拉住了他：「楚兄，千萬小心，還是讓吳某與你同行。」

楚天南搖頭微笑：「不必，你聽，那簫音。」

「簫音？」吳正風有些詫異。

楚天南大笑：「簫音中韻味清淳平和，不激不揚，全無殺意，他應該不是詭詐奸險之徒。」

隨著大笑聲，楚天南身形一縱，迅如飛矢一射而出，自磯頂疾掠而下，遠遠望去便似一隻山鷹在淩空飛翔。

隨著他向那船頭漸飛漸近，他逐漸看清了夜霧中林飛的相貌：劍眉星目，玉面朱唇，氣宇清逸，令人一望而生親近之感。這是一個很好看也很討人喜歡的男孩。他的簫音也還是那麼柔和，那麼清純，那麼無邪——

但就在楚天南的身形堪堪掠近船頭之時，林飛手中的玉簫突然碎了，碎成滿天的星光，一齊向楚天南迎面釘射過來！

磯上的吳正風「啊」的一聲驚呼，人已急掠而出。

楚天南清叱一聲，雙袖一揮，勁風四溢，掀起江上輕濤萬層，那點點星光全被激盪開去！

同時，一聲龍吟乍然響起，林飛的腰間似有一道赤虹矯若遊龍狂捲而出，激起千尺白浪，向楚天南撲面而來！

此刻，吳正風的身形方才掠出七丈！

「錚」的一聲，滔天白浪中綠光一閃，楚天南的「玉松劍」亦已出鞘！只見得江面上赤虹綠光如雙龍奪珠絞成一團，攪起沖天飛浪！那一葉輕舟也被潮流打得一退二丈！

半空中急衝而下的吳正風已掠出了十丈！

又聽「叮」的一聲，如珠落玉盤，清音裊裊，白浪重重中綠光暴斂，一片血光隨即飛灑而出！

接著一聲厲嘯掠過，赤虹如龍飛退而回。白影一閃，林飛已躍上船頭，左手捂著腰際，絲絲鮮血從指縫間溢位。

楚天南胸前亦是一抹殷紅，他站在潮流上垂劍而立。有頃，他輕輕長嘆一聲：「為什麼？那樣的簫音，那樣的心境，那樣的風骨……你怎會是這樣一個卑鄙小人?!……」

然後，他臉色一滯，全身真氣渙散，「噗通」一聲，身軀往江底沉落下去，沉落下去……

「嗤」的一聲，目眥欲裂的吳正風這時才衝到他身畔，伸手一抓，只抓到了他肩上一片衣幅……他就這樣眼睜睜看著一代劍俠倏忽之間葬身大江……

「林飛！你這畜牲！」吳正風破口大罵，足尖在江面上一點，身形彈射而起，升到半空，卻見那葉輕舟飛逝如電。轉瞬間已沒入煙波深處，再也看不見了……

二、戲碼

山東泰安府，比武臺前，人山人海。

這次比武大會是由魯侯楊子雄發起的。楊子雄在朝中位高權重，威蓋山東，素來嗜好武學，每年都會從自己府庫中拿出萬兩白銀大辦山東英雄比武大會。每次比武大會的冠軍都會被他收攬入府，成為他的得力幹將。為此，朝廷對他一直是深懷疑忌，認定他陰蓄異志潛謀造反，於是派出十餘支大內高手深入山東暗查實情。不料這十餘支大內高手一入山東境內，便杳然無聞，是死是活下落不明。朝廷也只得徒嘆奈何，不敢妄動。那些高坐朝堂只知經綸大事的京官們哪裡又曾知道，且不說這山東境內楊子雄的勢力己無處不在牢不可破，便是楊子雄本人就是武林中傳說的「絕代四傑」之一「東侯」——他們派出的大內高手雖說個個武功高強，但要想摸進魯侯府中刺探實情，卻實在是無異於飛蛾撲火！

此刻，楊子雄正坐在觀武臺的紫檀椅上，一臉的蠟黃，氣色很似不好，誰又能看得出他在內家功力上的造詣其實己達到了高深莫測的境界——這樣一個「病夫」，當年竟在華山武林大會上一掌將峨嵋派第一高手正明大師擊得骨碎如粉！

他的身邊站著一個女孩兒在唱曲兒。女孩輕啟朱唇，歌聲清婉欲絕，包蓄著無盡的纏綿，又帶著些許的愁緒。餘音裊裊，在清風中飄散，卻仍有一縷韻味似斷未斷不絕於耳。

「唱得好！」和所有附庸風雅的縉紳官僚一樣，楊子雄不懂裝懂乾巴巴地讚了一句，「來啊！看賞！」

一盤黃金托到了女孩兒面前。女孩兒接下了，跪下來謝賞。她不禁摸了摸腰間香囊裡的那錠白銀。那是「吟風樓」上的白衣公子給的。她一直惦記著還欠他一首曲兒呢！那段日子裡，她每天都到「吟風樓」上去等那位公子，可他一直沒來。四個月過去了，她也在奶奶去世下葬後便將自己賣到了魯侯府做奴婢。魯侯很喜歡聽她的曲兒，常常說：只要她再大幾歲，便要納她為妾，一輩子為他唱曲兒。

不知為什麼，她腦子裡裝著的卻滿是那位白衣公子親切的笑容，那錠白銀上帶著他的體溫，彷彿一直到今天都還在讓她感到一陣陣心暖。

正在這時，一個僕人跑上觀武臺。報導：「侯爺，有一位年輕武生，自稱是侯爺的故人之徒，前來求見。」

「故人之徒？」楊子雄沉吟片刻，一揮手，道：「讓他上來。」

珠簾掀處，一位白衫如雪的抱琴青年傲然而入。他顧盼之際，英氣逼人，竟令楊子雄也忍不住在心頭暗暗讚了一聲「好」字。

「你是何人？」楊子雄威嚴地問道，「竟敢冒充本侯的故人之徒……」

白衫青年哈哈一笑，笑聲清清朗朗，道：「掌隨風雲，琴心三疊，故人長辭，何敢忘君？」

他話音一落，楊子雄便霍然變了臉色：「原來你是冥……」話在喉間，卻見「白衫青年」手中古琴猝然間裂成碎片，碎片紛落中，劍現如血！同時，一聽到這「夢裡縈繞千百度」的嗓音，一看到那似曾相識的瀟灑白影，唱曲的女孩兒心頭立刻狂震起來，眼神裡也隨即浮起一片驚喜！

這一切不過是極短的一瞬間，而後，白衫青年手中劍鋒已挾滾滾風雷，化作一條怒龍，直捲魯侯。這一劍的劍意來得一波三折，無窮的變化隱含在這平平無奇的劍招之中……任何人只要稍一觸及，必定血濺當場！

楊子雄不愧是絕頂高手，劍光一閃，便知青年已然行刺！可是他身無兵刃，僅憑自己的「驚雷掌」，焉能壓得住那長江大河般滔滔然漫卷而來的劍芒、劍氣？他一個箭步飛撤七尺，仍躲不開眼前赤光暴射直逼眉睫！在這萬險之中，楊子雄心念一動，猛一伸手拉過那唱曲兒的女孩，急忙往身前一擋！

剎那間，漫天劍光微微一滯，竟在女孩兒身前稍稍一停，那銳嘯的劍風已吹散了她飄揚的長髮，那銳利的劍鋒卻並未緊逼上來！

驚魂未定的楊子雄抓住這稍縱即逝的一瞬，在女孩兒身後奮力隔空劈出了一掌！

他這一掌劈出，觀武臺上立刻罡氣四旋奔湧如潮，翻翻滾滾之際，那漫天劍光頓時被遏退了半尺！

同時，臺上臺下響起聲聲喝叱，四下裡人影飛動，魯侯府中的侍衛們己紛紛撲了過來！

然而，白衫青年幻化出來的漫天劍光卻只是將楊子雄和那女孩兒四面包圍，不知為何，竟猶豫著沒有再逼近來！

女孩兒眼中亮亮地閃了一下，她猛一掙扎，將頭向後一仰，「砰」地一聲，重重地磕在了楊子雄的下顎上！

楊子雄「哎呀」一聲驚呼，同時勃然大怒，左掌一揮，在飛灑的血雨中，女孩兒的身軀便如一片碎散的雲朵輕飄飄橫飛開去，又如一支曼妙的歌悠悠斷絕……

一聲怒嘯破空而起，萬丈劍芒一瀉而前，從楊子雄布下的狂濤般的罡風勁氣中長驅而入！

沒有了女孩兒擋在身前，楊子雄倏然間感到自己面對直逼過來的劍芒而築起的那道罡氣之牆竟是如此的不堪一擊！

寒森森的劍氣在他周圍湧動著，令他幾乎窒息！而劍氣中溢過來的無限震怒更令他膽寒！

楊子雄徒勞地看著那萬丈劍光飛馳而近，聽著劍氣中的如雷咆哮，饒是他身手再快，也未能避開，直到那柄殷紅勝血的「赤鋒劍」射進他胸膛深處！

時間彷彿在一剎那凝止，白衫如雪英姿勃發的林飛右手的劍筆直地從楊子雄前胸貫穿而過！他左手卻不知何時已挽起了那五臟俱裂心脈盡斷的女孩兒，他玉樹臨風般站在那裡，貼著女孩兒滴著清淚的玉頰，撫著她如雲的長髮，輕輕把她抱在懷裡。她正伸手努力地將一隻香囊向他遞上來。

香囊開處，一錠帶著她體溫的白銀滾落在地板上，閃著明淨柔和的光。

楊子雄低頭看了看刺沒在胸膛處的「赤鋒劍」劍身，又艱難地抬眼看著他倆，目光裡掠過一片茫然。慢慢地，他驚訝莫名地張開了嘴，卻再也說不出一句話來。

林飛的目光凝注在那錠白銀上，雪白的面龐一陣痙攣，晶瑩的淚奪眶而出。然而就在短短的這一下停頓間，林飛背後己經中了三枚鐵蓮子、一柄飛刀！魯侯府中的侍衛本就是江湖中百里挑一的好手，林飛抓住的是唯一的機會，只要他再遲疑片刻，他就會倒在背後蜂擁而來的刀劍下！

隨著一片血光灑開，劍從楊子雄胸膛處一下拔了出來，一個旋身，林飛的白衫和女孩兒的綠衣一齊飛揚！赤虹暴漲，奪人雙目，侍衛們目瞪口呆地看著魯侯楊子雄的腦袋直直地飛上了半空，一腔汙血濺在林飛背後的地板上。同時只見赤光一掃，「錚錚」連聲，眾侍衛已是捧著受傷的手腕紛紛後退，手中兵器全被震飛折斷，落了一地。

滿衫鮮血的林飛抱著女孩兒冷傲地站在臺上。女孩兒的頭輕輕搭在他的肩上，一縷長髮還纏纏綿綿地拂動在他頰邊，神態彷彿一朵睡蓮般安詳寧靜。

她沉浸到那個「吟風樓」上的夢中永遠也不會醒來了。

林飛就那樣站在那裡，猛地仰天一聲長嘯，嘯音裡那無盡的悲涼令在場所有的人不禁都心顫顫的。

「無敵門」重地，象牙塔頂。窗口照進來的燦爛如金的斜暉裡，司空邁坐在虎皮椅上，身形更見魁梧高大，他右手把玩著一隻雕得栩栩如生的碧玉獅，瞇縫著雙眼聽著幾個手下的報告。

「如此說來，楚天南和楊子雄是真的死了?」司空邁彷彿漫不經心地問道。

「是的。屬下親眼看到楚天南中劍落水，再也沒從江面上浮起來。」說話的這個手下就是那天為林飛掌舵的船伕。

「楊子雄的人頭已經由林飛裝在這匣裡送來了，門主要不要親自驗收一下?」另一個手下捧上一隻紅木匣，神色畢恭畢敬。

「不用了。」司空邁搖了搖頭，「我相信你們，也相信他。看來，只剩下一個元空大師了。」

「林飛說，這元空大師武功深不可測，要取他的首級，不是一件容易的事，他需要一點兒時間。」第三個手下開口說道。

「唔……」司空邁沉思著摸了摸自己額頭，慢慢地問道，「現在江湖上對林飛連殺兩大高手一事有什麼說法?」

「除少林寺外，武當、崆峒、黃山等九大門派掌門人已於昨日在洛陽城會合，共同商議此事。據可靠消息，九大門派已將林飛定為『武林公敵』，他們準備不惜一切代價、不擇一切手段除掉林飛。」第四個手下講得簡明扼要，「他們將林飛繪影製圖，分發給武林人士，提出了『人人見而誅之』的口號。林飛的影象是由『洞庭幫』幫主吳正風和魯侯府中的侍衛們繪製的，他們見過林飛的真面目。」

聽著他的話，司空邁的臉上掠過一絲輕蔑之色：「一群老朽！他們還能有什麼作為？！……又想耍四年前以多欺少那一套老把戲？……」他的聲音冷冰冰的，使人感到一種利刃在項的寒意：「是到了該好好收拾這個陳舊不堪的武林的時候了！」

他一揚手，那隻碧玉獅飛到半空，突然間粉碎了！碎成漫天飛散的粉末！

好可怕的內力！

塔頂裡的「無敵門」中人在那一瞬間都覺得自己也快要和那碧玉獅一樣粉身碎骨了！

他們戰戰兢兢，拜伏在地，大氣也不敢多出。

嵩山，少林寺。

香菸繚繞的方丈室裡，一位鬚眉斑白、容顏蒼古的黃袍老僧正坐在蒲團上慢慢飲茶。

他就是少林第一神僧元空大師。武林中傳說他的禪門功力已達到了「佛我合一」的至高境界。當年在擊敗「西狂」葉公龍及其「蠱人」弟子一役中，若非元空大師在緊要關頭出手相助，武林各大門派只怕也難獲勝。

吳正風坐在對面，恭恭敬敬地仰視著元空大師。他一直靜靜地等待著大師開口。

大師呷了一口清茶，慢慢睜開眼來，古井般深不見底的雙眸裡看不到一絲波動，他緩緩說道：「是九大門派掌門人委託吳施主來勸說本寺參與追剿『血劍狂生』嗎？」

吳正風深深點了點頭。他來勸說少林寺參戰，固然有九大門派掌門人親口委託的因素，但私心裡他也希望少林寺能挺身而出為自己的好友楚天南報仇。而且，九大門派派出的探子還偵察出這樣一個消息：在「血劍狂生」林飛背後，有一股神祕的龐大的武林勢力正支持著他。這股勢力，便是近年來在江南武林中狂風般崛起的「無敵門」。關於「無敵門」的底細，九大門派一向知之甚少，因此，他們也不敢對林飛輕舉妄動。但若是少林寺能加入追剿行動，那麼整個局勢便會有所改觀，對九大門派來說，無疑將會增添幾分勝算。畢竟，少林寺執掌天下武林牛耳數百年，源遠流長，根基雄厚，不是「無敵門」之類的新生門派所能輕易撼動的。

元空大師靜靜地看著茶杯中的水氣裊裊上升，他隔了半晌，悠悠地說道：「本寺不用參加此次追剿行動了。」

吳正風一愣，正欲開口，元空大師已緩緩說道：「只因片刻之後，『血劍狂生』便會到方文室來一見老衲。」

「大師！這『血劍狂生』林飛貌似清逸不俗，實則滿腹奸詐，楚天南楚大俠就是中了他的奸計才遇害的……」吳正風急切他說道，「大師雖武功蓋世，胸襟寬廣，卻也要對這宵小之徒小心提防才好！」

元空大師坐在那裡沉默如山。

在這一片難耐的沉默中，吳正風忍不住又開口問道：「不知道『血劍狂生』求見大師所為何事？」

元空大師淡淡地說道：「他想和我談一談『蠱人』的事。」

「哦？」吳正風沉吟著問道，「他自己就是『蠱人』，又會和大師談什麼呢？」

元空大師的目光深深凝注在吳正風的臉上，忽然開口說道：「那麼吳施主對『蠱人』之事又知道多少呢？不妨講來老衲聽一聽。」

「這……這……」吳正風有些摸不著頭緒，「我只是聽說『蠱人』飲人血、吃人肉、沒人性而且武功出奇地高強，但究竟是怎麼一回事，我……我也不清楚……」

元空大師緩緩從僧袍裡取出一封信函，放在茶几上，目光深深沉沉地看著它，說道：「四年前，這封信是這樣向我們介紹『蠱人』的：『西狂』葉公龍為了建立一支絕對聽命於自己的『武林區兵』，實現自己獨霸武林的野心，選擇了一百名資質卓異、稟賦超凡的少年弟子服食由血陰草、赤蛇膽、鶴頂紅、百蠱粉等七十二種奇藥煉成的『蠱丹』；每個弟子連服七七四十九天，再配以獨門內功心法導氣運功，這期間眾弟子體內藥性發作，便會精血暴旺，內力劇增，真氣盈蕩……直至打通全身七筋八脈……」

「什麼？這『蠱丹』竟是這等功效？」吳正風吃驚地問道，「打通七筋八脈吶！這至少需要一甲子的內家功力！」

「那信上還講，『蠱丹』的毒性很大，葉公龍葉施主的弟子中就有人因精血充溢脹脈裂膚而死……」元空大師依然平平靜靜緩緩道來，「待到『蠱丹』的藥性在他們身上完全發揮之後，葉施主又將他的弟子們分成三組各各封禁在三間極牢固的石室裡『練功』……這所謂的『練功』過程才是最可怕的……因為『蠱丹』與普通的丹藥不同，它的藥效能定時發作，發作時他們就會心性大變，凶殘如獸，只有依靠殺人飲血才能壓抑和發洩體內毒素……而且他們每殺一人，每飲一人之血，其功力便會暴增三成，所以他們的武功便能一日千里……『蠱丹』之毒使他們完全喪失了人性，他們師兄弟為了洩毒而自相殘殺、自相噬食……唉……最後這三間石室裡各剩下一名弟子，他便是名副其實的『蠱人』了……」

聽到這裡，饒是吳正風這樣見多識廣藝高膽大的老江湖，額上冷汗亦不禁為之涔涔而下。

「那信上還說，這三間石室裡最後僅存的三名弟子：一是「風雲魔君」司空邁，他的『風雲掌』無堅不摧；二是『血劍狂生』林飛，他的劍招『琴心三疊』冠絕天下；三是『孤峰浪子』蕭水寒，他的『掌心刀』亦是驚世駭俗。他們都已成為武林中最可怕的異類，也就是嗜血成怪武功卓絕的『蠱人』。而葉施主正準備帶領他們踏平武林稱霸天下。」元空大師緩緩說道，「當時我們十大門派在收到這封信後深感事態嚴重，立刻派出本寺首席弟子緣淨、武當派大弟子凌霄前往冥山調查實情……不料，三日後，我們十大門派派出的第二批探子在冥山腳下發現了緣淨、凌霄的屍體，他們果然如信上所講被人吸血食肉而亡……看到這一慘景，我們全都震怒了，為防冥山派繼續對天下武林不利，十大門派急忙聯手襲擊了葉施主和他的『蠱人』弟子。那一戰端的是慘烈無比，葉施主在惡戰中重傷身亡，他的那三個弟子也被打下了萬丈懸崖……唉，現在看來，也許他們並沒有死……這次林飛重現江湖，也許就是為報當年殺師之仇來了……」

吳正風伸手抹了抹額上的冷汗，駭然道：「既然如此，大師何不與晚輩立即離開嵩山趕往洛陽與九大門派掌門會合?!」

卻見元空大師緩緩搖了搖頭，面現沉痛之色：「可是錯了，我們錯了，我們大錯特錯!」

「什麼錯了?」吳正風再一次摸不著頭緒了。

「那次十大門派圍剿冥山，是我們徹徹底底錯了。」元空大師沉痛地說道，「激戰之後，老衲在葉施主的密室裡找到了他的練功日記，翻閱之下這才知道：他這樣做，其實是一種在武學上的大膽嘗試，他想研究創造出一種『小行天神功速成大法』，令常人的功力增長能夠突飛猛進一日千里……他自始至終只收了三個弟子，並沒有像這封信上講的那樣讓一百名門人自相殘殺、互相噬食……而所謂的『蠱人』，其實是練習葉施主所研究創造『小行天神功速成大法』的必由階段……可惜，由於我們的猝然發難，使他和他弟子的這次探索變成了一場悲劇……如今，老衲很是後悔當年聽信謠言，鑄下大錯……所以老衲一定要等來『血劍狂生』，向他致歉……」

吳正風這時才終於明白過來：「原來如此……這麼說，這封信本身就是有人故意挑撥離間、陷害冥山派的圈套？……那麼，想必楚大俠也知道這一內情了？」

元空大師緩緩地點了點頭。

吳正鳳頓時恍然大悟：「難怪楚兄會為『血劍狂生』一封書函便遠赴赤壁……可惜，他滿懷誠意去見林飛解釋這一切，卻被林飛伺機狙殺，真是令人痛心！」

元空大師聽了，深深一嘆，不再言語，臉上依然無波無瀾，平靜如湖。

忽然間，他緩緩開口說道：「佳客遠來，久候在外，老衲失迎，還望見諒。」

他話音剛落，方丈室門簾倏然無風自動，捲了上去。一聲清笑過後，卻見一位白衫青年帶著一派俊逸高華之氣瀟灑而入。以吳正鳳在洞庭湖的大風大浪中練來的敏銳耳力，竟也未曾聽出他是何時到了室外。

「林施主終於來了。」元空大師平平靜靜地迎視著他。

林飛神色肅然，一言不發，右手按在了腰間劍柄上，那一縷縷金亮的劍穗在微風中飄揚，是那麼的燦爛奪目。吳正風靜靜地瞇著眼看著，他忽然覺得這劍穗似有幾分眼熟，一時卻又憶不起來在哪裡見過。

大師的目光在那金亮的劍穗上停了片刻，慢慢移到林飛毫無表情的臉上。他悠然開口說這：「施主來了，老衲就放心了，老衲怕的就是施主不來。」

「我是來殺你的。」林飛的「赤鋒劍」隨著「嗡」的一聲渾厚的長吟脫鞘飛出，已持在他手上，直指元空大師胸前。

元空大師緩緩閉上了眼睛，道：「老衲等這一劍已等得太久了。」

「林飛一聲清嘯，劍已出手！——他的劍頓時化作一條夭矯赤龍挾著滾滾不絕的風聲雷響蓄著浩浩無涯的勁氣劍芒，向元空大師狂捲而來！

「住手！吳正風雙掌齊發，兩股烈烈罡風斜刺裡疾掃而出，往那條「赤龍」身上一撞！

「轟」的一聲，吳正風高大的身軀竟震得倒飛而出，背撞在方丈室的牆壁上，「嘩啦」一響，牆壁立時破了個大洞，他的身體亦從那大洞中飛撞出去，跌得老遠。

他奮不顧身地爬起來時，看到了驚人的一幕：林飛的「赤鋒劍」竟已赫然刺穿了元空大師的前心，紅亮的劍尖從他脊背上直透出來，一滴鮮血正無聲地滑下劍尖，淚一般清瑩。

大師神態安詳，雙掌合十，彷彿化為了一尊永恆的佛像。

三、真相

站在象牙塔頂樓的窗口望出去，雲低山小，遠野如畫，盡收眼底。

「不為浮雲遮望眼，只緣身在最高層。」司空邁躊躇滿志他說道，「每當我走到這窗前俯視塔下的千山萬壑時，我的整個身心便會充溢起一種勃勃的勁氣，蓄勢待發……我想，總有一天，這萬里河山都會由我來掌握……雖然我是『蟲人』，我照樣能建立漢皇唐帝那般輝煌的萬世偉業……」

他這番話是對自己說的，也是對站在他身側的林飛說的。林飛的眼神凝注在遠方，空空茫茫的，如山嵐一般飄忽。

「想什麼呢？怕了麼？小飛！這是他們逼我們這麼做的，」司空邁轉過頭來，目光冷冷地射在林飛臉上，彷彿要把他的表情看穿，「我們受這麼多煎熬，吃這麼多苦頭，就應當得到回報！即使是敗了，也不過被人千刀萬剮而已……可是千刀萬剮之痛，又怎比得過『蠱丹』發作時的種種滋味？如果我們勝了，別說區區一個武林，便是九州山河也盡在我們掌中！那時候，我一定和你平分這大好山河，共享這無上尊榮！那時候，我要封禪泰山，昭告蒼天：我，司空邁，一個被天下人視為異類的『蠱人』，卻成為了萬人之上的『九五之尊』！」

說到後來，司空邁雙眸中己燃起了一片灼熱的光，令人不敢對視。林飛也不禁微微側開了臉，避開他那目光的燒灼。

「江湖中傳說你重新創造了一批『蠱人』，準備動用他們來征服整個武林……」林飛緩緩說道，「大師兄，『青出於藍而勝於藍』，你不害怕被他們後來居上取而代之嗎？」

司空邁雙目中灼熱的光倏地一斂，投向了塔頂。很久，他才開口了：「我會那麼傻嗎？要征服整個武林，我一個人就夠了。況且師父並沒有將創造『蠱丹』的方法傳給我們便慘遭不幸，我又怎能造得出一批新的『蠱人』來呢？」

林飛的目光裡意味深長：「如果當年各大門都能夠理解師父、支持師父，而不是橫加阻撓……也許師父會真的把『小行天神功速成大法』研究出來，我們也就不用一直停滯在『蠱人』階段過著半獸半人的日子了……」

「你說這些幹什麼？」司空邁不悅地說道，「做『蠱人』有什麼不好？放眼四海，天下群雄，還有誰是我司空邁的敵手嗎？！便是師父重生，在我掌下也接不了十招……」

林飛靜靜地聽著，表情有些沉鬱。

司空邁的臉色石雕般冷峻。他很久很久才說道：「小飛，你我已走上了一條不歸之路，要麼消消沉沉虛度一生，要麼轟轟烈烈一飛沖天，這一切都可由你來選擇。我不會難為你。只不過，如今武林各大門派將你視為公敵，你又有何處可去？」

林飛一陣苦笑，忽然拔劍出鞘。殷紅如血的「赤鋒劍」在陽光下流轉著粼粼光波，令人目眩神迷。

一聲清嘯，餘音裊裊，林飛揮劍起舞，萬丈光焰隨之沖天而起。他舞劍成濤，舞劍成龍，舞劍成海，塔樓裡每一寸的空間都已被森森劍氣充溢無餘。

這是林飛的成名劍法「琴心三疊」。在這砭人肌骨的如海劍氣之中，司空邁的雙眸慢慢收縮成一對針孔般大，他緊盯著林飛人劍合一越舞越疾，臉色卻是陰晴不定。

突然「嗆」的一聲劍嘯清吟，赤光暴斂，但見林飛橫劍在頸，悽然道：「師父，小飛為你連殺『絕代三傑』，終於為你報得大仇了！讓小飛到黃泉之下來陪您同行吧！」

就在他劍鋒險險碰到頸前肌膚的一剎那，「錚」的一響，聲清如水，一縷勁氣似利箭般破空射到，正中他手中「赤鋒劍」劍身！饒是林飛功力精純，也被這勁氣在劍身一擊之下，震得虎口一麻，頸前的劍刃已被盪開五寸！

「徒死無益！」司空邁的聲音和他彈指射出的勁氣一樣來得極冷極銳也極有力！

看著劍刃被司空邁的指勁一震而開，不知怎的，林飛心頭隱隱一酸——大師兄……大師兄還是愛護自己的！可是……可是自己千萬不能心軟啊！

他暗一咬牙，斜斜垂下的赤鋒劍猝然從一個令人永遠也意想不到的角度以一種令人永遠也意想不到的速度刺了出來！司空邁只見得眼前紅紅地一亮，連一絲風聲亦還未及發出，銳利的劍鋒已刺沒在他左肋之下！

時間在這一刻凝定了！司空邁怔怔地盯著林飛，一臉的訝然。林飛也冷冷地盯著司空邁，目光裡透出一股凌厲的殺氣！

「為什麼要殺我?」司空邁一字一頓地問道。

林飛深深吸了口氣:「水寒是你殺的。」

「你為什麼這樣說?」

「我第一次和你見面時便知道了。因為你一時口快說出的兩句話——『和水寒一樣?靠殺惡人、飲惡人血來壓抑?』你說你在那之前從未聯繫過我和水寒,可你是怎麼知道水寒是靠殺惡人、飲惡人血來壓抑『蠱丹』之毒發作的?!這個祕密,本來應該只有我、小婉和水寒最清楚……」

司空邁愕然,片刻後他嘆道:「我的耳目遍天下,有什麼事情我不知道?你就因為這個懷疑我?」

「不錯,單憑這句話還不能證明你殺了水寒。但它說明你在撒謊!你不是講從來沒有和我們聯繫過嗎?又為何派人一直監視著我們?……而且,水寒身上的傷,我細心檢視過了。雖然他受的傷五花八門:有武當派的劍傷,有崆峒派的拳傷,有黃山派的掌傷……但這些都不足以使他致命,真正令他五臟俱碎心脈皆斷的是一記以崑崙派『龍音掌』的招式使出而實則隱含你當年獨創『浩冥真氣』的千鈞重掌……事實上,武林之中除了你司空邁，又有誰能將水寒一掌擊斃？便是崑崙派第一高手靈虛子也沒這份功力呀！可惜……水寒就是太善良、太謹慎了……他已親眼見到了你的可怕實力，為了不讓我和小婉枉送性命，他索性將這一切都隱瞞起來……明明是死在你手上，他還是什麼都不肯說！」

「可笑，我為什麼要殺他？」

「這個原因你自己最清楚，去年九月，水寒在永安城殺惡霸蕭雲天的時候，他碰到了一個人……」

「誰？」

「『南俠』楚天南！」

「那又能說明什麼？」

「楚大俠一直在尋找我們師兄弟三人，他找我們師兄弟三人是為了告訴我們一件事。」

「什麼事？」聽到這裡，司空邁的臉色慢慢變了，變得很難看——彷彿一下被人點到了死穴！

「四年前，各大門派對我們冥山派突然發難，是因為聽信了江湖中有人稱師父用毒驅使一百名徒弟自相殘殺、自相噬食以製造『蠱人』的謠言。其實，師父的徒弟只有我們三人，他研究創造『小行天神功速成太法』心訣，也是在和我們師兄弟三人切磋交流的基礎上進行的。而且，是我們自願當他這『小行天神功速成大法』的試驗者，談不上是他在用毒驅使我們……然而卻有人故意製造凶腥惡毒的謠言來矇蔽各大門派，引來了他們對冥山派的誤殺……楚大俠找我們，就是為了告訴我們誰是謠言製造者……」

「是誰製造了這個謠言？」司空邁的聲音突然如砂石摩擦，沒有半分水份，乾癟癟的。

「就是你！」

林飛的聲音冷硬如鋼：「楚天南將這事告訴了水寒，水寒半信半疑，急忙約我到『吟風樓』想見，不料在半途便遭了你的毒手……」

「無稽之談。」司空邁陰冷地笑了。他突然一伸手抓住了刺入肋下的那柄「赤鋒劍」劍刃——他的手掌竟似金剛不壞一般，那麼鋒利的寶劍竟也未能傷他分毫！

林飛立刻感到他緊抓住「赤鋒劍」劍刃上的手陡然傳過來一股無形巨力，震得自己右臂隱隱發麻，右手直指幾乎把握不住那劍柄，在萬般痛苦之中險險脫手飛了開去！

「楚天南都已死在你劍下了，你還在瞎猜什麼？」司空邁突然狂吼一聲，抓住「赤鋒劍」劍刃上的左手猛一使勁！

——「啪」的一聲脆響，「赤鋒劍」在司空邁左掌中激烈地震顫著，猝然間寸寸斷裂截截飛散！

這柄削鐵如泥銳不可當的寶劍竟被司空邁的雄渾內力震得寸裂而碎！

林飛「哇」的一聲，口中鮮血狂噴，猛地一下被司空邁身上迸湧出來的滾滾勁氣撞開三丈開外，撞得他肋骨盡斷臟腑離位。

司空邁用手捂著左肋的傷口，鮮血「汩汩」地從指縫間奔湧而出，流到了地上，流成一條小溪……他盯著林飛，沉沉他說逆：「你沒有證據……」

然而就在這一剎那：塔頂的天花板轟地一聲破開了一個大洞，一束寒電挾著無盡的銳氣飛瀉而下，射向司空邁的背心！

司空邁正運氣封脈止血全力對付林飛的「赤鋒劍」劍傷，已無法顧及來自身後的狙擊！

「嚓」的一聲，碧光閃處，一柄寒冷如冰的劍將他穿心而過！

司空邁吃力地回過頭來，看著來人：「楚——天——南？」

他的話聲裡透出無比的驚駭！

楚天南長衫飄飄，冷冷地看著他，目光裡掠過一絲輕蔑。

一瞬間，司空邁全明白了，難怪林飛知道這一切的一切，只因楚天南根本就沒死！

「真沒想到，小飛，你原來一直都在騙我……」司空邁的眼神迷茫起來，喃喃說道，「你真的已經知道了這一切，卻又忍住了這一切，假裝聽從我的吩咐，接受我的支配，殺楚天南，殺楊子雄，殺元空大師……你每替我殺一個人，我就不得不多信任你一分……你一步一步地設計欺騙我、接近我，最終在我毫無防備的情形下和楚天南演了一出『雙簧』將赤鋒劍送進了我的要害……你真能忍！為了殺我，你真能忍！」

林飛斜倚在牆壁上，咳著鮮血，喘著氣沒有答話：不錯，剛才他那偷襲的一劍最主要的目的就是引開大師兄的全部注意力，從而給蟄伏樓頂多時的楚天南一線凌空狙殺之機！現在終於得手了！——天知道楚天南在樓頂橫梁上是用「龜息功」怎樣躲過大師兄的耳目才苦熬過來的！

他冷冷地盯著司空邁，緩緩說道：「你讓我去刺殺他們，一半是為了借我之手替自己掃清障礙，一半也是為了將我在武林中的退路封死，然後依附於你，成為你實現『一統江湖，號令天下』野心的工具……我太了解你了，師兄，小時候我們一齊投在師父門下習武時，我就知道你的野心太大……你從來也沒有節制過你那種出人頭地的勃勃野心……你的野心隨著你的武功一齊在瘋狂地增長……你總是夢想著自己成為『武林第一人』，所以當你得知師父在研究創造『小行天神功速成大法』時，你極力地支持，並在我們師兄弟三人中第一個報名參加了這種殘酷的試驗……可是，你為什麼要造謠？為什麼要挑撥各大門派來狙擊我們？」

「因為師父有一天告訴我，他覺得他的研究一時無法突破『蠱人』階段提升到更完善的境界……對於我們在『蠱人』階段飲血增功的問題，他覺得有些殘忍，於是他想中止這種研究，並準備給我們煉製解藥……」司空邁望向窗外蒼茫的天空，面無表情，緩緩地說道，「可是我不想失去成為『蠱人』後帶來的莫大好處：我可以在一夜之間使自己的任督二脈順利打通；我也可以使自己的功力成倍成倍地增長；我甚至可以一步一步超越古今高人登上『武林至尊』的寶座……如果師父煉製了解藥並要求我們服食，我所擁有的這一切就會成為泡影……當時，我唯一想到的便是全力阻止師父煉製『蠱人』的解藥……於是，我給他們寫了那封信……」

楚天南悠悠地說道：「我們當時真是太傻了……由於葉兄平日裡很少與人交往，加之性行孤僻，世人難測其心……收到這封信後，我們派了少林派首席弟子緣淨和武當派高徒凌霄專程趕往葉兄處調查，不料他倆卻遭人暗算慘死在冥山腳下，這一下才激怒了各大門派上山興師問罪……唉，現在想來，緣淨和凌霄必是你殺害之後嫁禍給葉兄了！……」

司空邁一言不答，從他的表情上看來，已算是預設了這一事實。

「司空邁！你這喪心病狂的畜牲！」林飛勃然大怒，「設想到你真的做出了這種禽獸不如的惡行……師父對你那麼好，你還這樣陷害他？」

「不對，他應當為擁有我這樣的弟子而驕傲！」司空邁的聲音裡帶著一股逼人的傲氣，「我練成了比他還高出何止十倍的蓋世武功，我建立了比他的冥山一派龐大數千倍的『無敵門』基業，我擁有了成為『武林至尊』乃至登極稱帝的雄厚實力……這些成就，是他老人家夢寐以求而無法企及的呀！可是我卻替他一一實現了，他怎麼不能為我感到驕傲？師父本是一個武學奇才，為了一念之仁，竟將自己畢生精研出來的奇功異術棄如敝屣，豈不是太可惜了?!」

「天作孽，猶可活；自作孽，不可活。」楚天南悠悠一嘆。

司空邁緩緩抬起頭來，用一種哀傷的目光盯著林飛，慢慢說道：「小飛，你真傻……你殺了我，又能給你帶來什麼?我是真心地想和你共享這全天下的榮華富貴啊!我司空邁不是自私的人，我希望我和你都能活得輝輝煌煌顯耀萬世……小婉呢?我還要讓小婉享受皇后一般的幸福……」

「大師兄，你錯了。我，水寒，還有小婉，都不會貪圖你這樣的幸福，」林飛的聲音忽然悠遠起來，在司空邁聽來是那麼清曠，一如平實的無垠的原野，「夕照一盞茶，濁生幾杯酒，坐觀雲起落，笑迎世間事……在煙雨江南看著孩子們迎春鬧喜，聽著人們歡歌笑語，我們安安寧寧地活著，這便是我們最大的幸福了。當年我們逃出冥山時，我也曾激憤過，狂怒過，仇恨過，也想報復過……你以為當年你背著師父做的事我們就一點兒也不知道嗎?有一次我練功結束後經過你窗前，你當時正在寫信，猛抬頭見到我，立刻變了臉色……這一幕情形，深深地烙在了我腦海裡……冥山一戰中，我們被打下萬丈懸岩，你不知跌落何處，生死不明……我和水寒商議後決定隱入民間靜觀其變……後來，你在江湖中莫名其妙的風生水起，更讓我對你平添了一絲懷疑，可是我仍然無法把挑起那場惡戰的幕後黑手與大師兄你聯繫起來……四年來，我們遠離江湖，遠離這些恩恩怨怨，本就是不希望這一切成為事實……可悲，我們還是太天真了！」

司空邁聽著他的話，一陣愕然，他怎麼也想不透，世上竟有人能夠經得住偌大權勢的誘惑。楚天南由衷嘆道：「老弟有此襟懷，當真是武林之福。」

呆了片刻，司空邁將一聲冷笑吐出胸腔：「你終究還是『蠱人』，你若不殺人，不飲人血，根本就不能熬過『蠱丹』藥性發作的每一天！楊子雄死在你劍下，元空大師也死在了你劍下……真可笑，你雙手沾滿了血腥，卻在這裡裝什麼陶潛、嵇康？」

「楊子雄橫行山東，陰蓄不軌之志，妄圖稱霸謀反，殺他一人，有益於萬民。我何樂而不為？」林飛緩緩說道，「而元空大師，本就是見到了楚大俠交給我的信物『金絲劍穗』才明白了一切，所以他安然赴死，以生命向師父致歉……至於楚大俠假裝中我劍招落水身亡，屈身含辱隱忍潛伏，就是為了助我為師復仇！……師兄，我從來無意於殺人。但是只有你，我是非殺不可！」說到這裡，他想到了慘死在楊子雄「驚雷掌」下的那個唱曲的女孩兒，他想到了她臨死前睡蓮般純潔的帶著清淚的笑容，他胸口頓時一陣氣血翻騰，隱痛隱痛的。兩行清淚從他臉頰上緩緩流下。他一咬牙，抑住暗潮湧動的心情，繼續說下去：「因為你野心太大，勢力太強，殺氣太盛……整個武林都難以制約於你……你只要一聲令下，九州四海，便會伏屍百萬、血流成河……你若不死，便會有千千萬萬的人因你而死……所以我非殺你不可！」

說著，林飛慢慢脫下身上白衫，在他健壯厚實的肢體上，一道道傷痕深深長長、斑斑駁駁，令人怵目驚心。

「我割刺的是我自己的身體，我飲的是我自己的鮮血，」林飛冷冷他說道，「大師兄，『蠱人』並不是非得依靠殺人便不能生存下去……這些傷痕就是每當我『蠱丹』藥性發作之時割刺在自己身上的……然後我舔我的血，用它來沖淡『蠱丹』發作帶來的痛楚……」

「很好，很好，你還是那麼倔強，從來不知道屈服。這是我從小到大最佩服你的地方。」司空邁忽然悠悠地嘆了口氣，「我呢？我一直做不到你這樣……」他的眼神慢慢投向了窗外，是那麼的空茫而遙遠。鮮血從他心口、他肋下的傷口如溪流般湧瀉出來，一地的殷紅。同時，他感到自己全身的勁力正隨著「汩汩」奔流的鮮血急速地消逝……而他卻慢慢在心頭浮起了一種清清澈澈明明淨淨的感覺。他感到自己的整個身心正漸漸歸於一片空寂，遠離了慾望，遠離了狂熱，遠離了血腥。那種感覺真好！

「走吧！你們走吧！」司空邁輕輕揮了揮手。

可是林飛不走。

「為什麼不走？」司空邁眸中掠過一絲詫異，「塔外還有我數千門人吶！只要我一聲長嘯，你們永遠也別想活著離開象牙塔了！」

「我要看著你死，」林飛面無表情他說，「你不死，我不走。」

司空邁笑了，笑意很深很深：「小飛，你真倔強，從小開始就一直總是和我對著幹！死在你劍下，我沒什麼遺憾。」

林飛立在斜陽的餘輝裡，白衫如雪的他沉浸在輕潮一般湧起的傷感回憶裡。司空邁終於流盡最後一滴血，他慢慢垂下了頭。窗外，日落平原，一切都歸於寧靜。

死前，司空邁說得很誠懇：「我其實真的不想害師父、殺水寒……你們的毒種在身上，可是我的毒卻在心底深處發作，我受不了呀！……死了好，死了我就不用再被這瘋狂的野心困擾了……謝謝你，小飛！」

林飛聽著他的話，惻然無語，淚珠滾滾落下。那一夜，他流了幾乎和司空邁的血一樣多的淚。

三天後，一個消息傳遍江湖：「無敵門」門主司空邁猝死於象牙塔頂，副門主林飛主持了善後事宜。他在下葬司空邁的當日，便徹底解散了「無敵門」所有門人，讓他們各歸其所。此後，他亦不知去向。

桃花嶺的桃花盛開了，開得很絢爛很迷人。

桃花樹下，一位綠衫如柳的少女正痴痴地等待著。遠處，現出一個小小的白影，正向山上緩緩移來。少女露出一絲笑意，她已等了許久，等著那一份琴歌簫吟、溫馨寧和的幸福。這次，或許，她再也不會失望。

仰天長嘯

一、下毒

「怒髮衝冠，憑闌處，瀟瀟雨歇。抬望眼、仰天長嘯，壯懷激烈。三十年功名塵與土，八千里路雲和月。莫等閒，白了少年頭，空悲切……」

一個清朗的聲音在「朋來」酒店裡激盪而起，令人胸中頓生豪情。但見店中西角一張方桌邊，一位身著青衫的少年書生撫胸而吟，他身畔另有一名白衣如雪的偉岸青年微微含笑擊筷而和。這青衫書生放聲高吟的正是滅金討伐軍大元帥岳飛的驚世之詞《滿江紅》，掩不住一派慷慨激昂之氣撲人而來！

此時正是紹興十二年正月初三深夜，春節雖已到來，空氣裡依然瀰漫著一種冷清與沉鬱。酒店裡四窗緊閉，板門虛掩，除了這兩個年輕人和店老闆、店小二外，還另有兩人靜坐其中。一位是身著紅袍的中年文士，白面長鬚，坐在酒店東角落裡獨酌自飲，神態悠閒。店中間的酒桌邊坐著的另一位客人卻是一個相貌粗豪的青年漢子，他身披黑色披風，眉立如刀，臉膛寬大，一派不怒自威之態，令人不敢正視。他要了一大盤熟牛肉，自顧自用一柄小銀刀正切成一塊一塊大嚼大吃。

片刻之間，那青衫書生已吟完了《滿江紅》，臉上兩行清淚緩緩流下。白衣青年看了他一眼，有些不解：「子清，你吟的這《滿江紅》，真是豪情動人。男子漢，大丈夫，無不聞此為之舞劍而起，你又為何如此迷茫悲切呢？」

青衫書生面色有些黯然，緩緩道：「丁兄，《滿江紅》固是激人奮起，令小弟慨然常思一睹岳元帥之風采……不瞞丁兄，小弟此次進京趕考，本就是想順道拜謁岳元帥，只是如今卻不能如願了！……」

「是啊！朝中奸佞當道，陷害忠良……連岳元帥也被他們以『莫須有』的罪名逮下大獄……」白衣青年憤憤然說道，「但是，丁某相信岳元帥的冤情必有昭雪之日……」

青衫書生慨然道：「依小弟之見，岳元帥此次入獄是凶是吉，關係我大宋國運……小弟此次前往臨安城，定當聯合趕考書生共上萬民書，冒死向聖上一陳岳元帥之冤！」

他此言一出，店中諸人皆為之一驚。白衣青年一驚之餘，卻是滿面喜色：「好！難得子清這般義薄雲天！丁某亦將前往臨安參加武狀元比試，願以區區一己之力為國效忠！」

「哼！大宋之士若是都像你們這般以舌逞能，怕是十個岳飛也救不了這滅國之禍了！」那青年漢子遠遠聽見，不禁嗤笑起來，「馳騁沙場，憑的是浴血奮戰、以命換命，你們這般蛙鳴蟬吟，真是到了戰場，怕是連尿也會被嚇出來吧！」

青衫書生立時漲紅了臉便欲反唇相譏，那白衣青年一使眼色止住了他：「子清不必與他逞口舌之爭！」

他們正說之間，那東角落裡的紅袍文士慢慢放下了筷子，輕輕抬起頭，正欲插話進來——

「砰」的一聲，酒店大門如遭重擊，猝然被人猛力開啟，兩扇門板撞在兩側的牆上，震得屋頂灰塵簌簌而落。彷彿是鬼魅從黑夜深處冒出來一般，店裡已陡然多了兩個人。

這兩個人的身形都很魁梧，凶神惡煞般令人望而生畏。他們腰間各自掛著一柄刀身窄長而墨黑無光的刀。其中一人身著黑衣，肩上挎著一隻淡黃色的絲緞包袱；另一人身穿藍袍，雙眸中寒光如電，往酒店四下裡一掃，竟令人不敢對視。

紅袍文士似乎被這兩人凶相嚇住，急忙將已到嘴邊的話又吞回肚中，大氣也不敢多出，只顧埋頭飲酒。那青衫書生和白衣青年見這兩人來勢凶猛，互視一眼，亦是好生驚詫。店中只有那青年漢子還津津有味地嚼著一塊牛肉，顯得若無其事。

那兩人走到櫃檯前，對嚇得瑟瑟發抖的酒店老闆說道：「你們店裡有什麼好酒好菜，還不快快報上來？」

「是……是……」酒店老闆點頭有如雞啄米，「我們店裡有……」就在這時，門外的寒風中捲來了一縷馬蹄聲響，來得迅疾已極……藍袍人的耳朵一下豎了起來，一揮手止住了酒店老闆的話語，側耳細聽片刻，轉頭向那黑衣人說道：「好像來的是六騎人馬……」

「六騎人馬？怎麼是六騎人馬？」黑衣人也一下跳了起來，「難道就是那六個『追命鬼』？……大師兄，怎麼辦？」

藍袍人面色凝重，如臨大敵，右袖往外一拂，一股勁風疾掃而出，「呼」的一響，吹得那兩扇大門「吱呀」一聲關上了。然後他一個箭步射到門後，將耳朵貼在門板上，仔細傾聽門外的風吹草動。只聽馬蹄聲漸行漸近，在店門外停了下來。接著，一個清朗的聲音穿過大門傳了進來：「店裡有人嗎？開開門……」

酒店老闆一臉的愕然，盯著那藍袍人不敢說話。卻見藍袍人忽然開口說道：「『六合神捕』，久違了！我們『南嶺雙怪』今夜已先行包下了這『朋來』酒店，各位捕頭來晚了一步，真是抱歉……」

他的聲音如滾雷一般遠遠傳了出去，震得店內諸人耳膜隱隱作痛。諸人難受之餘，心頭卻也明白：這藍袍人以雄渾內力將聲音說得這震天般響亮，一半是為了提自己的底氣，一半也是為了向店外來的六騎人馬示威。

店門外隨即響起一聲長嘯，宛若龍吟長空，清越入雲，竟將這藍袍人的話聲壓了下去。接著，另一個沉緩有力的聲音一字一句傳了進來：「原來是『南嶺雙怪』在這裡作祟……齊不平、呂不成，昨夜刑部下了特急令，讓我們前來追捕你等歸案，還不快快束手就擒？！」

「『南嶺雙怪』？『六合神捕』？」那青衫書生在角落裡聽得一頭霧水，輕聲自語起來。白衣青年以一種極輕極細但卻字字入耳的聲音對他說道：「看來子清賢弟果然對江湖上的事毫不知曉……這『南嶺雙怪』乃是沐南山中隱居的兩個武林絕頂高手，一向喜歡獵寶藏珍。那藍袍人便是『南嶺雙怪』中的老大齊不平，黑衣人是『南嶺雙怪』中的老二呂不成。他倆的『雙龍奪珠戲月刀法』在武林中堪稱蓋世奇招，數十年來橫行天下罕逢敵手，加之這二人心性怪僻，非正非邪，武林中人才號其為『南嶺雙怪』……」

他正說之間，那藍袍人齊不平已是轉過頭來，對黑衣人呂不成肅然道：「師弟……這嘯聲好像是『六合神捕』中的老二何孤誠的『神龍之嘯』……這說話的人應該是『六合神捕』中的老大關鐵林……看來，今天真是『六合神捕』一齊到場了……」

呂不成臉上的懼色忽然一掠而逝，代之而來的是一副冷傲之態：「管他什麼『六合神捕』！難道你我師兄弟聯手使出『雙龍奪珠戲月刀法』也會怕了他們？相府裡那麼多高手圍攻截殺，還不是一樣的讓我們兩人殺得個人仰馬翻鬼哭神嚎?!」

齊不平搖了搖頭，臉上抹不去一絲淡淡的憂色：「『六合神捕』畢竟與相府裡那群雞鳴狗盜之徒不同。他們師承天山派掌門『天龍隱者』，六人合力創下的『六合天網大陣』實在是無人能敵……」

他的話聲很快就被黑衣人呂不成的咆哮聲壓斷了：「既然『六合神捕』被你吹得這麼厲害，那你說現在我們該怎麼辦？」

他這話是衝著齊不平而發的。齊不平倒也有些涵量，臉色平靜如常，竟然毫不動氣。他皺起眉頭沉思片刻，忽然目光一亮，緩緩說道：「有了！我倒想出了一個辦法……」

「快講！快講！」呂不成焦躁地吼道，「只要能逃脫這六個『追命鬼』的追捕，什麼辦法都行。」

齊不平忽又嘆了口氣：「可惜……這辦法一來會損了我們『南嶺雙怪』的名頭，二來多半不能幫我們順利逃脫此地……大概只能幫我們拖延一下時間罷了！」

「你和我說話還繞那麼多圈子幹嘛？」呂不成抑制不住心頭的焦躁，在店裡不停的走來走去，「聽你說也沒什麼好辦法，乾脆我們衝出去和他們拼了，或許能有一線勝機！」

「師弟！大敵當前，何必自亂陣腳？」齊不平沉著地說道，「依我之見，這『六合神捕』不是一向以俠士自居嗎？既然是俠士，就應當愛民、護民；既然要愛民、護民，就必然會投鼠忌器，有所不為。所以……」

「所以，我們師兄弟就可以用這店中的六個局外人要挾他們！」呂不成恍然大悟，立刻橫刀立目，殺氣騰騰，逼向店內諸人，「這樣他們便不敢冒然動手了！」

齊不平微微點頭，冷冷地向店門外說道：「『六合神捕』，我們師兄弟寡不敵眾，鬥不過你們兄弟六個。但這店裡還有六個局外人吶，你們若是衝進來，這六條人命可就斷送在俠名赫赫的『六合神捕』的手中了……」

店門外沉寂了下來。片刻後，那個沉緩有力的聲音響了起來：「齊不平、呂不成，老夫警告你們：這店裡的所有局外人若是少了一根汗毛，你們就永遠也別想活著踏出這店門一步了！」

隨著他的話聲，酒店四壁之外傳來一陣疾風暴雨般的驟響，有若千軍萬馬奔騰衝馳布陣欲戰！

——這是什麼陣法？雖然，僅僅只有六人組合布列，但卻無形中給人一種天羅地網牢不可破的感覺！而且這種感覺竟能透過夜幕和牆壁直逼進人心裡來！

齊不平緩緩拔出腰間那柄烏黑無光的長刀，朝天而舉，手腕微微一抖，刀身隨之一震，「嗡」的一聲清吟，餘音繞梁，久久方絕。「烏龍刀啊！烏龍刀！」齊不平自言自語道，「看來，今夜又要讓你飽飲人血一顯鋒芒了！」

呂不成卻在一旁忿忿地說道：「這『六合神捕』，算什麼俠士？……我們師兄弟夜竊秦相府，不知江湖上多少人為之拍手稱快？偏這六個捕頭卻死命地盯著我們不放……」

「哦？！原來你們偷的是秦檜那個奸賊府中的東西啊？」那青衫書生一聽，不禁失聲說道，「那奸賊不知搜刮了多少民脂民膏，你們偷得好！偷得大快人心！」

「話不能這麼說。」白衣青年看了他一眼，神色肅然，「若是秦相國真有貪贓枉法、藏汙納垢之舉，自當交付刑部依律查處。似他們這般竊其府中之物以洩民憤，只不過是以暴易暴而已，不足為取。」

「你們兩個毛頭小夥子鬧什麼鬧？」呂不成正怒氣沖天無處發洩，雙耳哪裡聽得他倆的爭辯之聲，當下一聲大叱，喝住了二人，「小心大爺割了你們的舌頭丟到門外去！」

青衫書生吐了吐舌頭，一臉的失望與不屑：「在下本以為兩位大爺乃是替天行道劫富濟貧鋤強扶弱的綠林好漢，現在看來卻不過仍是兩個殺人越貨橫行無忌的江洋大盜……可惜，可惜了……」

不料那齊不平聽了這青衫書生這番話，臉上倒是微微一紅，卻並無慍色，一抬手止住正欲張口怒叱的師弟呂不成，遠遠地看著青衫書生，緩緩說道：「這位公子說的也是。古語有云：『竊鉤者誅，竊國者侯。』我們『南嶺雙怪』自信還是『盜亦有道』，專偷貪官汙吏的不義之財，從未傷及無辜……今天晚上，我們師兄弟二人實是被逼無奈，不得不用此下策，將諸位困在這店中。這才真正是有請諸位見諒吶！」

店中諸人聽他緩緩道來，都覺這齊不平談吐之間似也通情達理，全然沒有普通江洋大盜那般粗蠻無禮之態。沉默片刻後，那店東角的紅袍文士忽然讚了一個「好」字，陪著笑臉拱手道：「二位俠士身為草莽英雄，不失磊落胸襟，實在令小生佩服。卻不知二位俠士在秦相府中大顯身手，究竟竊得那相爺何等樣的珍寶？不妨取出來，給大家一飽眼福，我等看罷自當死而無憾！」

那青衫書生立時面現鄙夷之色，對白衣青年丁小林輕聲說道：「這位仁兄此時此境尚有賞寶自娛之念，倒也有些異乎常人！可是秦檜那奸相一味只知暴殄天物，他搜來的寶物又有什麼值得賞玩的？不過是些良金美玉明珠寶璧之類的俗物罷了……」

丁小林微微點了點頭，臉上略略顯出了一絲深思之色，並不作答。這時，那呂不成聽了紅袍文士的那番話，不知怎的，情緒一下激動起來，「砰」的一聲，將肩頭上的那包袱一下摔到酒桌上，面現懊惱之色，道：「給你們看看也無妨！我師兄弟二人突出重重包圍，拼得九死一生，從秦相府的『藏寶閣』裡取出這隻白玉匣，原本以為裡面一定裝著什麼稀世奇珍，卻不料……」

他一邊懊悔地說著，一邊伸手開啟了包袱，拿出一方玉匣來，但見玉匣開處，一卷絹軸赫然而現！他握著絹軸一抖，一幅雪絹畫卷舒垂開來，只見畫上牡丹朵朵綻放含露爍光，一位豐姿綽約、綠絳黃衫、雲眉星眸的女子扶欄而坐，淡淡含笑凝視花叢，目光深迴，若思若念。整幅圖畫神韻清靈秀逸，妙不可言。

「呀！唐明皇的『貴妃賞花圖』！」那青衫書生一見，不禁驚呼失聲。齊不平和呂不成都似有些漠然地看著他嘆為觀止的表情，笑道：「不錯，這就是唐明皇李隆基親筆為楊玉環所繪的『貴妃賞花圖』……」

所有人的目光都凝注在那圖畫之上，嘖嘖讚嘆之聲不絕於耳。那紅袍文士走近前來，細細觀賞了許久，方才仰天長嘆一聲：「今生得見此畫，雖萬死亦無憾矣！」

「咦！這畫上怎麼還會有人題字？」鍾子清無意中一瞥，看到那畫左下角似有一行瘦金小字，湊上前去仔細辨認著唸了出來：「『犬臣秦檜特將此畫敬獻麗妃娘娘，祈請嘉納以顧畫自賞，豔炫中原。』咦……這畫原來是那奸相溜鬚拍馬送給宮中貴妃的……」

「麗妃娘娘？」那青年漢子在一旁聽得分明，目光中一絲驚訝掠過，神情若有所思。只有那酒店老闆和店小二看過那畫後，卻是唉聲嘆氣，嘀咕道：「我們雖說也見了這寶畫，算是開了眼界……只不過想那幾個什麼神捕，斷然也不會放過二位大爺，可憐我們幾個局外人卻糊裡糊塗遭了個冤劫！罷，罷，我們店中還有些好酒好菜，儘管拿來給大家享用，免得餓著肚子在這裡眼睜睜等死！」

齊不平和呂不成聽得店老闆和店小二說得這般悽切無奈，不禁互視一眼，亦是深深嘆了口氣，滿是風塵的面龐黯然在搖曳的燭光裡。店中一下沉寂下來，眾人各懷心事，默默無言。

卻見那呂不成兀然起身拔刀大喝：「想我『南嶺雙怪』睥睨江湖數十年，竟被『六合神捕』逼得依仗人質以求自保，此事若是傳入江湖，真是壞了我們一生的名節！罷！

罷！大師兄，乾脆我倆出去和他們拼了，哪怕是痛痛快快地死，也勝似在這裡苟延殘喘的好！」齊不平面色一凝，伸手握向腰間的刀柄，沉默片刻，目光狠狠地一亮，似乎下了決心，猛一點頭，便欲開門攻出。突然，那青年漢子開口說話了：「二位前輩，晚輩想出了一個兩全其美之計，可使前輩順利逃過『六合神捕』的追捕，亦可使我們店中幾個局外之人得以安然離開，免受『池魚之殃』。」

齊不平轉身冷冷地看著他：「你是何人？」

青年漢子肅然答道：「晚輩乃是中原華山『鐵板門』弟子金震東！」

「哦？你有何妙計？講來聽聽？」齊不平冷冷說道。金震東沉思著答道：「據晚輩所知，『六合神捕』的『六合天網大陣』威力無比，數十年來無人能從其中全身而退。不過，任何陣法都有破綻——『六合天網大陣』的破綻就在於它的『異體同心，此呼彼應，聯成一氣』！」

「哦？你說『異體同心，此呼彼應，聯成一氣』竟是『六合天網大陣』的破綻？老夫聽人講過，此陣若是施展開來，『六合神捕』便渾若一體，心意相通，擊左則右護，攻西則東救，幾乎是無懈可擊、無隙可乘。所謂『異體同心，此呼彼應，聯成一氣』，倒正是它最大的優點！」齊不平沉吟著開口了，「數年前，金國第一流殺手『幽燕廿八騎』前來挑戰『六合神捕』，卻被困在『六合天網大陣』中全軍覆滅……不也證明了這一點嗎？」

「可是任何一種陣法、絕學的優勢往往都可以在適當的條件下被人巧妙利用，轉化為反擊自身的致命弱點。想當年，三國爭霸，蜀帝劉備排開『八百里連營』應敵，自以為首尾呼應萬無一失，孰料卻被陸遜左一把大火右一支奇兵擾得潰不成軍，終至一敗塗地。」金震東緩緩說道，「現在看來，『六合神捕』守在店外，想必早已控制了酒店各大方位。在他們嚴密的監控之下，一隻蒼蠅只怕也飛不出去……不過……」

「這一切我們都知道，卻不知你目前究竟如何轉化和利用『六合天網大陣』的優勢？」齊不平打斷了他的話，單刀直入地問道。

「在下是這樣設想的：『六合神捕』今夜在店外布陣，將所有的注意力都集中到了二位前輩身上，他們對交戰形勢的猜想純粹是以二位前輩的武功水平為依據出發的……但他們應該不會料到，店中還有一個身負武功的人，那就是晚輩……」金震東平平靜靜地說道，「待會兒，晚輩先從這大門口衝出去，分散他們的注意力，『六合神捕』的『六合天網大陣』亦必然會為晚輩而發，而且至少應該有兩個神捕迎上來與晚輩交手……在他們不知內情倉促應戰的剎那，二位前輩便可從這屋頂沖天而出……由於晚輩在門口已牽制住了他們中的兩三個人，即使他們反應得再快，也來不及在這極短的一剎那組成『六合天網大陣』封住你的去路……以二位前輩的『雙龍奪珠戲月刀法』足可擊退『六合神捕』中任何一人，於是二位前輩便能順利逃脫『六合神捕』的追捕了……」

「嘿……你小子講得還真有些門道兒……」呂不成恍然大悟。齊不平也微微地笑了。在微笑中，他驀然飛身而起，便似一隻大鷹，「呼」的一聲，向金震東疾撲而來！

但聽店中平空裡風聲呼呼，眾人只見眼前一片人影忽閃忽動，「噗噗嘭嘭」一陣如擊皮革之聲不絕如縷，倏忽之間，場中風聲一息，齊不平和金震東已是停下身來對視而立。

這幾招之間，齊不平已測出金震東的功力與自己不相上下。沉吟片刻後，齊不平向金震東抱拳行了一禮，道：「金公子深明大義，謀略不凡，武功卓絕，不愧為我大宋武林菁英！老夫師兄弟二人甚是感激公子出謀相助之恩。他日公子若有用得著我『南嶺雙怪』之處，老夫二人願受驅馳，萬死不辭！」「晚輩才疏學淺，受不起前輩謬讚！」金震東淡淡答道，「二位前輩，既然今日我等有緣在此店相識，倒不可不惜此緣份，且讓我等飲酒盡興一笑而別如何？」齊不平未及開口，喜獲脫身良策的呂不成已大呼道：「小二，還不快把你們店中最好的酒拿出來！」

店小二剛才聽得他們談話，已知此夜再無性命之憂，大喜過望，笑吟吟的從櫃檯後跑來，道：「三位大爺，我們店中最好的酒是『猩血紅』，不知道三位大爺滿不滿意？」

「管它什麼『新血紅』還是『舊血紅』，只要是陳年好酒就行！」呂不成大聲說道。

金震東伸手拍了拍店小二的肩頭，道：「去吧，快去端酒上來！」店小二樂顛顛地一溜小跑進廚房忙活去了。鍾子清在遠處看著這一切，低聲對丁小林說道：「這位『鐵板門』的金大俠真是智勇雙全，今夜算是幫著我們躲過了一劫！真不知該怎麼謝他！」丁小林微微點了點頭，眉宇之間卻是疑雲密布，神色亦似陷入了深深思索之中。

這時，那店小二已從廚房裡取來了一罈「猩血紅」、幾碟菜餚、三副杯筷放在桌上，垂手而立，靜聽吩咐。金震東看了看店小二，又看了看那已經啟了封的酒罈，揮揮手讓他退下。酒罈壇口處映上來一層亮亮的微紅的酒光，一股裊裊異香撲鼻而來。呂不成極小心地將鼻子湊到壇口嗅了一下，閉目靜思片刻，方才開口說道：「酒倒是好酒，醇香醉人，大家可以敞開了肚皮，好好喝它幾壇！」齊不平一聽便放心了，他知道，呂不成舉止言談看似有些毛糙，但他識毒辨毒的眼光還是十分銳利的，他說這酒能喝，這酒裡就應該沒什麼問題。

金震東笑盈盈站起來提起酒罈，左掌在酒罈壇腹上一按，運勁一逼，「呼」的輕輕一響，壇口裡一股紅紅亮亮的酒柱一射而出，在半途中倏然一分為三，分別瀉入桌上三隻位置不同的酒杯之中，不輕不重，不緩不急，同時斟滿，杯裡半點兒酒星也未溢出。「好精純的內力！」齊不平不禁讚了一聲「好！」呂不成端起一隻酒杯，放到胸前，向金震東說道，「金公子，今夜我師兄弟二人被『六合神捕』追捕至此，得你出謀出力相助，師兄和我自是感激不盡。青山流水，後會有期，必謝恩德！」說完他一仰脖子，將酒一飲而盡。金震東微笑著連稱不敢，伸出右掌在桌上一按，面前的那隻酒杯「噌」的一響自動飛了起來，直升到他唇邊，被他一口叼住，正欲飲下。齊不平也端起杯來，準備敬他。

卻聽憑空裡「轟」的一響，只見呂不成高大的身軀乍然一晃，仰面倒下。隨著一聲淒厲的驚呼，齊不平已是急忙飛身上前，一把扶住了師弟，慌張失色地叫道：「師弟，師弟，你怎麼了？……」呂不成口鼻出血，面色鐵青，他伸出手來指著那酒罈，道：「這酒中有毒……毒……」話猶未了，他一口黑血猛噴而出，眸色一灰，死了。

齊不平如一頭受傷的猛獸般狂嗥起來，聲音震得屋頂上的灰塵紛紛而落。接著，他一縱身，飛撲上前，一把抓住店小二的衣襟，將他拎了起來，怒目如獅，彷彿要把他一口吞到肚裡去：「你下了什麼毒？只有你碰過這酒罈、酒杯，你下的什麼毒？」店小二幾欲駭昏過去，嗓音裡帶著哭腔道：「大爺……大爺……你就是給我十個膽我也不敢呀！……我哪會下毒哇！」

齊不平一聲大吼，在吼聲中他全力定住了紛亂如麻的思緒：首先這酒中的毒來得太詭異，連他和師弟這樣的江湖老手也從未見過；店小二哪來的這種奇毒？這酒在師弟未飲之前，應似純淨無毒一般，至少令人看不出含有致命毒物，但是師弟還是被毒死了！……他心頭驀然感到了一種莫名的危機，這使他的臉色變得十分難看。然而，就在他全力控住心神的一剎那，他突然嗅到了空氣中一縷淡淡的幽香，似檀木，如蘭花。

二、正法

「迷香？」齊不平腦際靈光一閃，急忙屏住呼吸靜觀場中變化。不料，這縷幽香只是在他鼻邊一飄而散，絲毫未曾令人不適。看來這幽香是無毒的。他暗暗放下了心，腦子裡只是急速地思索著，從印象中搜尋著店中任何一個人的任何一絲可疑形跡。在死一般的沉寂中，酒店老闆一臉的惶恐，向著齊不平連揖帶躬地求上來：「客官……客官……我這夥計向來膽小如鼠，又與你無怨無仇，他怎會下毒害你？求求大爺饒他一條狗命……」

齊不平刀鋒般銳利的目光橫掃而來，刺得酒店老闆雙目生痛只得低下臉去：「你說不是他下的毒，那又會是誰？是你麼？哦……我懂了，你們怕我師兄弟二人真的會因無法脫身而在店中大開殺戒，於是便生了歹毒之心，勾結起來伺機暗算我們是不是？……」店老闆頓時嚇得全身發抖，臉也變得如死人般慘白，張口結舌的說不出話來。

「不是。」一個清朗淳厚的聲音宛若在他耳畔響起，「齊前輩，放了他們吧！他們不是下毒之人。」這聲音深沉如大海，冷靜似冰峰，竟似有一種莫名的定心鎮神之效，一下將他心中紛紛擾擾的浮思亂想壓了下去，漸漸變得心靜如水。

齊不平轉頭看去，才見發話之人竟是那白衣青年丁小林。丁小林神色肅然，道：「齊前輩請冷靜！此事來得蹊蹺，必是有人作祟，希望前輩不要妄動無明，免得中人奸計。」他說話之時，金震東也似從眼前的迷亂情景中回過神來，吃驚地問道：「怎麼會這樣？怎麼會這樣？……」

齊不平盯著丁小林看了許久，但見他眉宇之際雄氣堂堂、言色舉止凜然大度，終於一放手丟開店小二，冷冷地對著丁小林說道：「小子！你剛才的說話之聲清勁有神，字字破空入耳，應是武林中最上乘的『傳神之音大法』……你究竟是什麼人？」

鍾子清一聽，不禁大為訝然，呆若木雞地看著丁小林，只是瞠目結舌無法啟齒。自他和丁小林在鄂州邂逅相識同行赴京應試以來，他隱隱覺得這丁小林來歷有些不凡，未曾料到今日卻被齊不平一口說破——原來這位丁兄果真是一位高深莫測的武林區士！

和他一樣，店中人全都震驚了！

「我是什麼人，待會兒我自然會告訴你。」丁小林平靜地說道，「至少，我絕不會是暗算你們的人。」說著，他緩緩走上前來，在呂不成的屍體前蹲下，細細觀察片刻，用手指沾了沾呂不成的鼻血，放到自己鼻下嗅了一嗅，「咦」了一聲，道：「原來你師弟是死於『赤草冥香混合散』之毒！怪不得連他這樣的江湖老手也會在不知不覺中遭人暗算了……」

齊不平立時怔住了：這「赤草冥香混合散」乃是塞外第一奇毒，據傳其毒性詭異，中人必死，他自己亦是久聞其名，未見其實。丁小林輕輕嘆了口氣，走到店小二身邊，伸手在他衣衫上輕輕一摸，然後張開手指在燈燭邊細看起來！齊不平湊過去凝神一看，不禁大驚：丁小林的手指上已然沾上了一層淡得幾乎看不見的白粉！

「這便是『赤草粉』了！這種毒生於大漠荒野，見水即溶，無色無味，令人無從察覺……」丁小林緩緩說著，忽然他眉頭一皺，又一伸手，抓住了店小二的手臂，捲起他的袖管，沿著他的腕臂一路檢視上去……「你在幹什麼？」金震東大惑不解，「這樣就能找到下毒之人嗎？」

丁小林抬起頭來，看著店小二，面現詫異之色：「咦……你的掌上、腕上、臂上、衣上、身上都沾滿了『赤草粉』……噢……原來如此……」他神色似有所悟，忽又喃喃自語道：「可是，單憑『赤草粉』是毒不了任何人的，需要配上『北冥香』才行……」

齊不平突然憶起了剛才鼻邊飄過的那縷異香，一下跳將起來：「老夫適才嗅到過一種蘭花般的香味……不，又有點兒像檀木香……」

「不錯，這香味便是『北冥香』了！它似蘭非蘭，似檀非檀，只是清淡得很，對人也沒什麼毒害……」丁小林的口吻依然那麼平緩而沉靜，「不過，有人若是服食了『赤草粉』，再嗅到這『北冥香』，雙毒併發，便是大羅神仙也救不成了……齊前輩，你仔細回憶一下，適才究竟是在哪裡嗅到過這『北冥香』？……」

齊不平認真追憶著剛才那縷異香的來源，他忽有所悟，轉過身去，走到那桌前，往地下一看，一瓣枯黃的花瓣赫然入目——「北冥花？」丁小林俯身拾了起來，託在手心，細細觀看，「齊前輩剛才嗅到的『北冥香』一定就是這朵『北冥花』散發出來的。」齊不平揚聲吼道：「這朵花是誰放在地上的？」店中其他人面面相覷，默然無語。

丁小林的目光慢慢從花瓣上移開，望著高高的屋頂，緩緩說道：「在下終於明白了——暗算呂前輩的人是這樣下毒的：第一步，他首先將『赤草粉』之毒以獨特的內功手法在神不知鬼不覺中傳送到店小二的身上、臂上、掌上；第二步，毫不知情的店小二在取酒、端酒時將身上的『赤草粉』散落進了酒水中；第三步，下毒之人見沾有『赤草粉』的酒已上席，便隨機應變，丟擲『北冥花』放出『北冥香』，使呂前輩在這兩種混合發作的奇毒交攻之下不治而亡……」

店中諸人一聽，頓時全怔住了。他們誰也未曾料到，丁小林這樣一個初赴考場的武生，竟是如此心思縝密精明過人！他的話一句一句講來，當真如走棋一般，步步嚴密，言之成理，令人不得不服。

半晌，金震東緩緩開口了：「這位兄弟，聽你講來，彷彿你已親眼目睹了有人下毒行凶一般……如此看來，大概誰是下毒之人，你心中亦有灼見了……」

丁小林也微微笑了：「不錯，在下已然知道下毒之人是誰了。」他的目光深深地看著金震東，又輕輕補充了一句，「說實話，在下等這個人已等得太久了。」

他的話令金震東臉色為之微微一變，他的目光一下深沉起來，靜靜地盯著丁小林的臉龐，陷入了沉思之中。

「究竟是誰下的毒？」齊不平急聲喝問。

丁小林的目光在店中慢慢環視一圈，最後投射到金震東的臉上。然後，他意味深長地一笑。隨著這一笑，他身形一動，翩若驚鴻，一掌便向金震東迎胸劈來！猝變陡生——店中人齊齊驚呼失聲！卻見金震東避無所避，閃無處閃，猝不及防之際，只得伸掌如刀直插丁小林腹下！丁小林哈哈一笑，右掌一收，身子一翻，倒飛開去，金震東那一掌插來便落了個空！

金震東在他這一掌插出去之後，臉色便突然變了，變得有些蒼白。他一瞬間似乎想起了什麼，卻只得暗暗一嘆。

站在他對面的丁小林正冷冷地看著他，乍然間他的話聲和他的目光一樣來得犀利如劍：「金震東！你究竟還要隱藏到什麼時候？大丈夫敢作敢當，你既已下毒行凶，為什麼卻不敢承認？」此語一出，店中之人俱是為之一愕！

金震東不怒反笑，笑得十分響亮：「你憑什麼這麼說？……」

「因為，剛才店小二進廚房之前只有你一人拍過你的肩頭！」丁小林的話聲直刺過來，「這就夠了……」

「我拍過店小二的肩頭就證明我下毒了？」金震東冷冷一笑，「你這小子，故弄玄虛，含沙射影，居心叵測……齊前輩，不要信他！」

「你拍店小二肩頭時使用的手法正是你剛才『拍壇射酒』、『震桌飛杯』的那一式『千里傳功』之術！」丁小林的話令齊不平不得不側耳傾聽，「而且，你使用的都是域外奇功『碎雲掌』內力……因為，只有『千里傳功』配上『碎雲掌』內力，你才會神不知鬼不覺地將『赤草粉』從店小二的肩頭傳送到他的身上、臂上、掌上……齊前輩，你是武林名宿，剛才也看到了他施用的內功、手法。在下的話是對是錯，相信前輩自有明鑑。」

聽了這段話，金震東額上的汗頓時細細密密地沁了出來。他的目光瞥向齊不平。只見齊不平捋著長鬚沉吟不語，眉宇之際凝雲重重，兩道冰冷、犀利的目光也向他逼了過來。

「哼！一派胡言！」金震東冷冷喝道，「齊前輩，晚輩若是存心暗算你們師兄弟，卻又何必在先前大費唇舌為你們出謀劃策鼎力相助？況且晚輩乃堂堂『鐵板門』弟子，焉能做出那種鬼蜮伎倆下毒害人？」

「你是華山『鐵板門』弟子？」丁小林一聲冷笑，「在下剛才出手試探你的那一掌雖說是來得有些刁，金大俠畢竟應該用華山『鐵板門』的鎮門絕學『鐵甲神功』硬接下來才是正招，卻不知金大俠為何竟棄本門所學而不用反施急中制敵之術？莫非你堂堂一名『鐵板門』弟子，竟連『鐵甲神功』也使不來？」

「不錯，金公子，你使幾招『鐵板門』的上乘功夫來讓老夫看看……」齊不平的眉頭漸漸擰緊，雙掌暗暗提足內家真氣，向金震東緩緩逼近。

金震東臉色蒼白起來，他緩緩說道：「好吧！晚輩就使幾招本門功夫給前輩看看，以消前輩之疑……但是，晚輩仍想反問一句：剛才『六合神捕』集結在外，晚輩若生叵測之心，何不與店外的『六合神捕』裡應外合，狙擊二位前輩以求全勝？又為何捨此良策而施毒暗算呢？」

丁小林看著他退無可退的表情，冷冷地笑了：「你根本不會和『六合神捕』聯手；因為和他們聯手，你就徹底失去了『混水摸魚』的機會。這樣的蠢事，你絕不會幹。」

金震東狠狠地剜了他一眼，目光裡的恨意讓在一旁聽得津津有味的鐘子清見了也不禁心生寒意。

「其實，你為何偽善地接近二位前輩，騙取他們的信任，然後乘機下毒暗算他們……」丁小林沉沉靜靜地說道，「這些緣由，在下大約也能猜出幾分，倒不妨講來給你聽一聽……」

金震東那惡狠狠的目光在瘋狂地吞噬著丁小林，他真想一把捏碎這小子的咽喉！

丁小林迎著他狠毒的目光淡淡一笑，轉過頭來看著桌上那幅「貴妃賞花圖」，忽然開口了：「齊前輩，你知道這幅畫是秦檜準備贈送給誰的嗎？」「唔……贈送給什麼麗妃娘娘的吧？……」齊不平正全神貫注地盯著金震東，聽他這麼一問，不禁有些茫然，側頭看了看那畫上秦檜的題詞，隨口答道。「不錯，他是贈給麗妃娘娘的，但並不是我們大宋的麗妃娘娘，而是金國的蕭麗妃……」丁小林平靜地說道，「你們瞧，他親筆題寫的『豔炫中原』，哼，秦檜這馬屁拍得好臭……」

他的話在店中引起一片震動。蕭麗妃在金國以貌美而名揚大江南北，這是人人皆知的。但秦檜身為宋朝丞相，竟這般奴顏婢辭向一個金國妃子獻媚討好，卻實在令人不齒！

「對呀！秦檜若是為我大宋娘娘贈畫求寵，又怎會寫什麼『豔炫中原』？」鍾子清連連點頭，「這奸相貶我宋人而褒她金人竟至這等厚顏無恥……當真令人噁心！」

「他送這畫給金國的蕭麗妃與我師弟中毒而死一事又有何干系？」齊不平不解地問。

「正是這畫，才給二位前輩帶來了殺身之禍！」丁小林話鋒一轉，直指要害，「前輩還不明白嗎？這店中有人想奪走這幅『貴妃賞花圖』到蕭麗妃那裡邀功請賞！……」

他話猶未了，空氣中突然響起「嗤嗤」數聲，聲若裂帛，丁小林身形微微一晃，雙袖已是無風自動，碎片紛紛，飄落開來！丁小林雙掌一合，目光灼灼地逼視著金震東，冷冷說道：「怎麼？你終究還是怕了……噢，藏不住了，想殺人滅口？」

金震東攏在雙袖中的雙掌已被適才丁小林身上渾厚無比的護身罡氣反震得隱隱發麻，而他暗暗發出的偷襲丁小林的「碎雲掌」內力竟如泥牛入海般被化解於無形。一驚之下，他的聲音情不自禁地顫抖了起來：「你……你……你是誰？你怎麼知道這一切？」

「在下不僅知道這些……在下還知道，你就是偽裝成華山『鐵板門』弟子潛入江南興風作浪的金國『死士營』大統領兼第一高手完顏雄！」丁小林的話聲再一次令金震東面色大變。

「你……你……你是丁旭！」金震東突然大叫起來，「你一定是『神探子』丁旭？」店中諸人大驚，這丁小林難道真是那個曾在岳家軍中威名顯赫的少年儒將，後又被岳飛舉薦入朝擔任大內第一密探的丁旭？！

丁小林面無表情，緩緩說道：「不錯，在下正是丁旭，半月前得到密報稱有金國奸細將在這『朋來』酒店現身……在下苦心伺候多日，終於等來了完顏將軍……幸會，幸會……自然，那北冥花也是完顏將軍從金國極北苦寒之地帶來的了……」

「佩服！佩服！」金震東——完顏雄流露出無限感慨，「早知道這店中竟藏著丁兄這樣的高手，本將軍就真不該那麼大意讓丁兄抓住破綻……也好，今天總算碰上了你，看來本將軍此次江南之行再無遺憾矣！……」

「啊！你就是那個在岳家軍中以智謀過人、神勇無敵而名震天下的丁旭丁將軍？」鍾子清從愕然中驚醒過來，像看另一個人似的注視著丁旭，目光裡溢滿了崇敬，「丁兄……不，丁將軍，小弟久仰大名，今日能見到你，真正是三生有幸啊！」

丁旭向他謙謙一笑，轉過頭來看著齊不平，淡淡說道：「真凶既已找出，齊前輩也就不會再誤傷無辜了吧？」

齊不平臉色如鐵，目光如劍，直刺完顏雄。他猝然仰天一陣狂笑，盯著完顏雄，恨恨地說道：「想不到我『南嶺雙怪』橫行江湖數十年，竟栽在一個金賊的花言巧語之中！真是恨哪！我怎麼就瞎了一雙老眼，沒認出你這鬼花樣……」

完顏雄亦是仰天一陣大笑，在笑過之後，他才慢慢說道：「丁旭，你講的都沒錯。

本將軍確實是為了這幅『貴妃賞花圖』才下毒殺了呂不成的。『南嶺雙怪』的『雙龍奪珠戲月刀法』實在是不容小覷。本將軍自忖以一己之力是破不了他們師兄弟的刀陣的，只得先行設計除去他們中任何一人，這樣本將軍就可輕易取得這幅畫了！至於向呂不成下毒的手法和經過確實如你所料，一絲不差……唉！本將軍只因一時性起自矜己能，竟當眾『拍壇射酒』、『震桌飛杯』……不料卻被丁兄一眼識破武功根底……咎由自取，實在是無話可說！」

但丁旭卻感覺到他心底裡透出來的那一份冷靜和沉著——一個面對自己的失誤依然能剖析如流侃侃而談的對手絕不會是一個無能的對手！丁旭對他頓時隱隱生出了幾分忌憚和敬佩。

驀然，只聽齊不平怒嘯一聲，雙目寒光一閃，反手一揮，腰間的「烏龍刀」一掠而起，高舉在手，叱道：「金賊！還我師弟命來！」話猶未了，他連人帶刀一瞬間已化作了一道烏黑的長虹！這長虹猶如怒龍一般狂捲而出，去勢洶洶，猛不可擋，頓時整個酒店裡的空間已被他澎湃的刀氣所吞沒！所有人的衣袂都被他這一刀帶起來的刀風颳得獵獵作響！

然而，就在這道烏黑長虹橫空捲掃的一剎那，眾人眼前一花，店中竟兀然立起了一堵「城牆」！一堵堅不可摧牢不可破的「城牆」！這「城牆」一下便擋住了那道烏虹和它挾來的滾滾刀氣、獵獵刀風！丁旭定睛看去，那「城牆」赫然竟是一張方桌！一張漆亮的方桌！一張被完顏雄一掀而立的方桌！——這方桌到了他手中，竟已灌注了剛猛絕倫的內家罡氣，剎那間便成了一堵鋼澆鐵鑄般的城牆！

「砰」的一聲大爆響，那「城牆」猝然間崩潰了，崩潰成了一片飛舞的碎屑；同時，那道烏虹也潰散了開來，散成了一片虛茫的烏影！烏影中現出了扶刀而立的齊不平，他緊抓刀柄的雙手已是虎口滴血，面色一片雪白。

而那碎屑中，亦已現出了陰陰含笑的完顏雄。他的臉色雖是有些鐵青難看，但仍掩不住一種莫名的興奮溢於言表：「哼！你缺了呂不成的幫助，『雙龍奪珠』變成了『獨龍狂舞』，又怎會再是本將軍的對手？」

隨著他得意至極的話聲，他右掌一抬向齊不平隔空拍擊過來！他這一掌拍出，只聽得風聲雷動，店中轟轟然氣浪如山，直向齊不平撲面壓到！就在這一剎那，斜刺裡白影一閃，丁旭已是橫衝而至，雙掌一封，硬生生替齊不平接了完顏雄這一掌！

只聽「波」的一聲悶響，場中三丈方圓之內似有潛流激撞一般，空氣為之一窒。卻見完顏雄和丁旭均是昂然而立身形分毫未動，但他們立足之處的地板已然無聲地深陷下去，似受重物錘壓一般，平地現出兩個凹坑來！二人靜立片刻，同時撤掌。完顏雄「啊」的一聲，身形向後一傾，口中一股血箭噴出，射向三丈開外！丁旭面色鐵青，悶哼一聲，倒退一步，口角兩行瘀血沁沁而出！

「好厲害的『摧金掌』！完顏雄捂住胸口，艱難而緩慢地說道。

「你的『碎雲掌』也可怕得很吶！」丁旭伸手拭去嘴角的血跡，也由衷地讚了一句。

「真沒想到，南蠻中也有你這樣的內家高手！」完顏雄悠悠說道，「其實，你們南蠻士民向來只知好逸惡勞清談虛言，以致民風萎靡、國力不振……哪裡比得過我們女真人以武立國，人人驍勇，個個善戰，所以能打得你們丟盔棄甲龜縮江南……」丁旭亦冷冷說道：「我大宋文臣武將濟濟一堂，只要假以時日，必能乘時造勢長驅中原，直搗黃龍府，踏平漠北，滅爾金國！」

完顏雄哈哈一笑：「你們這些南蠻所以敢與我大金相抗者，唯恃一岳飛耳！不錯，岳飛用兵如神，郾城一戰殺得我大金潰不成軍，堪稱一世之雄，而今安在？臨安城的大理寺，為何卻將他關了進去？恐怕丁兄還不知道，你們那皇帝趙構、丞相秦檜，為了與我大金議和，早已向金兀朮元帥允諾將岳飛定罪問斬，以求一時苟安……」

「胡說！」丁旭厲聲叱道，「聖上只是暫時受到奸佞矇蔽，令岳元帥含冤入獄……本將軍相信，時隔不久，岳元帥必會昂然出獄，再顯神威，揮師北進，收復中原！」

「丁將軍，與他這金賊囉嗦什麼？」齊不平已從極重的震傷中緩過氣來，手中「烏龍刀」一舉，狠狠地說道，「老夫定要將這金賊親手擒殺，為我師弟報仇！」

話音一落，他人刀合一再次化作漫天激射的黑色閃電，密密集集，「嗖嗖」作響，直向完顏雄疾罩過去！「追月奪魂？」丁旭一見大驚，「齊前輩連這種與敵共亡的必殺絕招也使出來了？！」卻見完顏雄暴喝一聲，有若舌綻春雷，一手揮起身上的黑色披風凌空一舞——剎那間滿屋裡捲起了一片尖利刺耳的風雪呼嘯之聲，彷彿這小小的酒店已變成了冰天雪地裡的殘垣斷壁，店中的每個人都不禁感到瑟瑟發抖……那店老闆和店小二更是哆囉哆嗦只想衝到廚房裡的灶火邊去烤一烤自己！

隨著這淩厲的風雪之聲，完顏雄手中的黑披風已越舞越大，化作了一片烏雲，翻翻滾滾，頓時將齊不平幻化出來的漫天閃電卷吸其中，絞了起來！

但聽「嗤嗤」之聲不絕於耳，半空裡碎布紛飛如蝶，烏雲斂處，閃電消逝，場中倏然一靜，只見得完顏雄雙手空空木然而立——他的披風已被那銳利無比的「烏龍刀」碎成片片！距他二丈開外，齊不平卻是左膝跪地，右手扶刀，面色灰白，垂首無語。丁旭見狀一驚，急步上前，一把扶住齊不平，關切地問道：「齊前輩，你……」只見齊不平胸前一片鮮血漫出，已中了完顏雄一刀，死了。

這個縱橫江南名震一方的武林怪客就這樣死了！……一如他兀然而來，又兀然而去。丁旭靜靜地撫著他的屍體，眸中不禁淚光隱現，心頭頓時湧起一陣莫名的感慨和傷感。

良久，丁旭慢慢放下齊不平的屍體，虎目一睜，精光灼灼，逼視著完顏雄，冷冷說道：「好個金賊！連害我大宋兩位武林同道，本將軍今日定要拿你回京正法！」

完顏雄傲然一笑：「本將軍寧可自絕身亡，也不會落在你這南蠻手中受辱！」說著，他右掌已是緩緩提起，隨時準備自碎天靈。事實上，他在和齊不平的激戰中已是身負重傷，無力再與丁旭一搏。

卻聽身畔響起那紅袍文士的聲音：『『住手！』』說著，他從腰間亮出一塊金牌，舉在手上，喝道：「丁旭接旨！」

丁旭靜靜地看著他。紅袍文士冷冷說道：「我是皇上特派欽差章學宏，今日前來與完顏大人商議有關金宋和談事宜，任何人不得干擾。」

聽著章學宏的話，完顏雄臉上露出了一絲得意之色。「假的……」鍾子清喃喃說道。

丁旭臉上一陣抽搐，突然一拳擊出，正中章學宏胸口。「砰」的一聲，章學宏被他一拳擊得臟腑盡碎，手中金牌緩緩脫手落地，一臉的震驚：「你……你敢抗旨?!」

丁旭這一拳擊出之後，似是心神激盪，呼呼喘氣，若受重傷。同時，他一咬牙，一雙鐵拳又如雷霆般猛擊而出！「啪」的一聲脆響，完顏雄前胸後背肋骨盡斷，身形被擊得遠遠飛了出去，「嗒」的一響，摔在地上，再也爬不起來！

良久，他才捂著胸口慢慢抬起頭來，面色一片慘白，一邊咳著血一邊恨恨地說道：「好……好……想不到我完顏雄縱橫一世，到頭來卻敗在你的手裡……」

他一邊說著，一邊抬起眼來看著桌上那幅「貴妃賞花圖」，神色裡又似有無限哀傷：「麗妃娘娘……我的好表妹……可惜，表哥再也不能親手獻上這幅妳最欣賞的畫了……」

他忽又轉頭看著丁旭，在一種深深沉沉的傷感裡緩緩說道：「丁旭，你確實料事如神，聰明無比……但是，你還是有一點想錯了！……你說我是為了邀功請賞才要奪取這幅畫的……錯了……蕭麗妃是我青梅竹馬的表妹……但自從她被狼主召進宮後，便數年不曾開顏一笑過……我憂心如焚，特地命秦檜幫我找一些寶畫用來換取她的歡笑，她從小就最喜愛欣賞名畫啊！唉……如果不是為了這幅畫，我大概也不會這麼大意就在你面前暴露了自己……這也許就是我們的命運吧！……」

他的目光漸漸黯淡下去，在即將熄滅的一瞬，忽又亮了一亮：「丁旭，聽我一句忠告：你這樣的義士，自今而後必在江南再無立足之地，還是趕緊遠走高飛，免得與岳飛一樣死得令人可惜！……」說著，他的頭緩緩低了下來……一代梟雄，就此身亡敵國。

丁旭沉默片刻，緩緩向店門外開口說道：「『六合神捕』，在下丁旭，恭迎六位多時了。」他的聲音一字一句穿門而出，清晰入耳，勁氣十足。

店門無聲地開了，六個服飾不一、年紀各異的捕快肅然而入。走在前面的是一位年近半百的綠衣長者，一見丁旭，便面現微笑，緩緩說道：「丁將軍，別來無恙。這店中為何卻是這般情形？」說著，他目光往店中一掃，但見屍橫遍地，甚是訝然。

丁旭認得他正是「六合神捕」中的老大關鐵林，便將店中發生的一切原原本本告訴了他們。「六合神捕」沒想到在這短短的幾個時辰裡店中竟已發生了這麼多離奇之事，各自嗟嘆不已，感慨連連。半晌，店中沉靜下來。丁旭默默地看著關鐵林，沉吟著開口了：「關前輩，在下此刻只想問各位身居禁宮大內的俠友一件事：岳元帥是否已真的含冤去世了？」

鍾子清也將同樣關切的目光投向了關鐵林，恨不能把答案從他肚子裡一下鉤出來！關鐵林臉色慢慢變得黯然，他深深垂下了頭，避開了他倆的目光，沉沉地嘆了口氣：「是的。」

這兩個字從他口中說出來的一剎那，丁旭眼眶一紅，清瑩的淚水立時溢了出來！——鍾子清也愴然淚下，哽咽著說道：「怎麼會？怎麼會？……」

許久許久，店裡響起了丁旭激越深沉的聲音，一字一句昂揚有力：「怒髮衝冠，憑闌處，瀟瀟雨歇。抬望眼、仰天長嘯，壯懷激烈。三十年功名塵與土，八千里路雲和月。莫等閒，白了少年頭，空悲切。靖康恥，猶未雪；臣子恨，何時滅。駕長車，踏破賀蘭山缺。壯志飢餐胡虜肉，笑談渴飲匈奴血。待從頭，收拾舊山河，朝天闕。」

這一首《滿江紅》吟罷，不知怎的，竟令在場諸人唏噓失聲，掩淚無言。憶當年，岳元帥揮師北上，金戈鐵馬氣吞中原，直搗黃龍，殺得金兵人人膽寒，望風而遁；如今卻為庸主奸臣所害，不亦悲乎？！

丁旭拭去滿面淚光，將「貴妃賞花圖」托在手中，對「六合神捕」肅然說道：「這幅『貴妃賞花圖』本是秦檜賣國求榮、取媚胡虜的罪證……在下原想將它送呈刑部，公示天下，以正秦檜之罪，以雪岳元帥之冤……諸位俠友替在下將此畫轉呈聖上，孰忠孰奸，不言自明……今夜一別，在下亦將仗劍北上矢志滅賊……」

鍾子清也轉過頭來認真地看著他：「丁兄，你準備前往中原驅賊滅寇？小弟願與你同行。」關鐵林靜靜地看著丁旭，面色漸漸暗沉下來，似乎顯得十分痛苦而又極其無奈……終於，在一種艱澀的口吻中，他開口了：「不行！」

丁旭和鍾子清聞言不禁一怔。

只見關鐵林面色通紅，慢慢說道：「其實，今天夜裡，我們『六合神捕』追蹤到這酒店裡來，本不是擒拿『南嶺雙怪』的……我們是奉聖上的手渝前來此處追捕岳飛餘黨的……」

他吞吞吐吐地說著，神色極不自然。

丁旭冷冷笑了：「原來諸君今夜到此是為了在下這『岳家軍』中第一儒將的項上人頭而來……」

「六合神捕」人人面現赧然之色，不敢與他正視。關鐵林悠悠嘆了口氣，道：「幸虧今夜有『南嶺雙怪』在店中將我們阻在門外，根據聖上的一道手諭，今夜我們和丁將軍在店中必因章學宏、完顏雄而另有一場惡戰……」

他說著，掏出一卷黃絹向丁旭遞了過來。這卷黃絹上是這樣寫的：「令『六合神捕』全力衛護和議大臣章學宏，一切以維護金宋和談大局為重，有阻撓者殺無赦。」

丁旭一見，不禁一陣心寒。聖上身繫大宋國運，肩負中興大任，卻不思勵志自強，反而畏寇如虎，一味媚和苟安，竟至對忠義之士百般箝制而對奸佞之臣百般倚重！豈非自伐根本授國與敵？想到此處，他胸中熱血漸漸冷卻下來，只是覺得百無聊賴不知所往。茫然中，他看到關鐵林一對隱含深意的眼神，突然一切都明白了：原來「六合神捕」今夜本就是知道了他和章學宏、完顏雄均在此店的消息才趕來的，只因「南嶺雙怪」猝然插進來這麼一攪和，他們便順水推舟在店門外逡巡不進，一半是為了應付聖諭而做做樣子虛與周旋，一半也是為了放手讓自己在店中翦除章學宏、完顏雄這兩個奸賊。其實，「六合神捕」也和自己一樣都是厭和主戰的錚錚之士，但皇命難違，他們也只能想出這麼一個曲折的方法來暗暗協助自己了。這一片苦心，丁旭頓時瞭然於胸。他緩緩向關鐵林用力地點了點頭，以示謝意。一瞬間，他看到關鐵林的眼圈忽然紅了，另外幾個神捕背過臉去偷偷在抹眼淚。

沉默了半晌，丁旭平平靜靜地說道：「自古忠義難兩全，也實在難為各位俠友了……在下自願將人頭奉上，以死全忠！」

說著，他慢慢拔出鞘中寶劍，架在了頸上。忽然，一隻手伸了過來，抓住了劍身……銳利的劍鋒割破了那隻手的肌膚，血流如注，那隻手卻仍是緊緊抓住那劍毫不放鬆……

丁旭轉頭看去，只見鍾子清用手抓著他的劍，正目光炯炯地正視著他。

「子清，你……」

「丁兄，神州陸沉，山河破碎，正是仁人志士戮力復國之時……你身負絕學，力敵萬人，本當『壯志飢餐胡虜肉，笑談渴飲匈奴血』，何苦為一庸主昏君而自棄輕生？」

鍾子清這番話慷慨激越，竟令丁旭心頭微微一震。

「這樣吧，各位神捕，小生與丁兄年齡相仿，面目略似，不知可否代他一死？取小生的人頭去給那個昏君罷！」

「不可！」丁旭急忙叱道。

然而，以他那樣的身手，竟也遲了——鍾子清一把拉過劍刃往自己頸前一送，一股血雨隨即飛灑而出，點點如花，濺開在丁旭如雪的白衫上。

丁旭木了，呆了，傻了。他將鍾子清挽入懷中，悲聲道：「你……你為什麼這麼做？」

「小弟……區區一介文弱書生，死又何惜？」鍾子清的聲音斷斷續續，「丁兄，替小弟多殺幾個金賊……小弟便很高興了……」

他的聲音漸說漸低，到得後來細若遊絲，再也聽不見了。

「嘩啦」一聲，「六合神捕」齊齊跪了下來……

丁旭仰起臉來，任臉上淚如泉流，他向著屋頂上蒼茫的天空，猛地從胸膛深處迸出一聲長嘯！一聲驚天動地的長嘯！

這嘯聲如猿啼巫峽，如鶴唳霜天，如龍吟深壑，如獅吼曠野……來得高亢卓絕，來得激越非凡，來得氣吞山河，來得橫亙天際……在這嘯聲中，蒼穹似的天空終於被撕裂了一線曙光，黑夜就要過去了……

末日危夢

雪子這幾天夜裡經常重複著做一個神祕的夢：一級級由黑色花崗岩砌成的階梯旋轉著伸入星際深處，朦朦朧朧的奇光異彩猶如迷霧一般湧了過來……她彷彿披著輕紗般柔美的雲絮，飄飄然走進了一片草尖上閃爍著七彩星光、泉水裡流淌著動人旋律的神奇原野。

哦！……那邊正仰面躺著一個裸體青年，他正舒展著肢體，四周燦爛地開放著如血如火的玫瑰。一種美麗而強烈的誘惑，就像伊甸園裡的那條蛇，無聲地驅動她輕輕走近前去，屏住呼吸入迷地欣賞他：太陽光一樣亮麗的長髮，金燦燦地披散在他罌粟花一般白得可愛的肌膚上，而他身邊絢麗如朝霞的玫瑰花叢一絲一毫竟也掩不住他那狂放不羈的美猶如酒香一般橫溢。雖然他在沉睡，但他身上每一塊肌肉都躍動著一種原始的野性的勁力，每一根血管都奔湧著一種瀑流般的生命衝動……難以相像他醒來後又是多麼眩目多麼壯觀的情形！

她久久地呆立著，一種深刻的美感使她的目光無法從這青年的身體上移開——心跳得更厲害！

正在這時，他睜天了雙眼——啊！他眼睛裡的顏色多麼美呀！瑩瑩的瞳眸中宛然便似輕輕蕩漾著一層彩虹、隱隱沉澱著兩顆寒星，讓人越看越覺得明澈、燦爛！

他向她微微一笑。在他天使般迷人的微笑裡——她醒了！

窗外，月光浸人，清清涼涼。她這才發現不知何時自己已是一身熱汗……這個令人躁熱的夢。

洗過澡後，雪子慢慢踱上陽臺，啜著冰鎮橙汁，為了放鬆心情，她開啟了設計在躺椅上的「音樂盒」，一曲《眾心之心》正奏得悠悠揚揚。《眾心之心》是世界名片《雪萊》的主題曲，旋律優美得如同雪萊本人的詩……

雪子的心情慢慢寧和下來，在這優雅而清靈的旋律裡睡著了……

上課鈴響了，雪子有些留戀地從窗外收回了目光。窗外，林蔭小道上，和風輕拂，花雨繽紛，詩一般清麗的意境令人陶醉。

班主任竹田孜老師走了進來，和同學們問過好之後，很高興地向大家說道：「同學們，今天我們班將會加入一名新同學，他是從西河島來的。」

同學們一齊向門外投去好奇的目光，那裡什麼人也沒有。

這時，雪子又忍不住向窗外望了一眼。只見那飄灑著如煙如霧的落花的林蔭小道上，遠遠走來一個身穿銀灰色西服的少年。他的身影遠遠望去顯得挺拔偉岸，宛如花雨中一棵移動的白楊。她的目光頓時被這男孩緊緊吸引過去了。

「芳川雪子！上課別走神！」竹田孜老師向她喊了一聲，「……那位新同學和我打過電話，可能馬上就要到了！……待會兒大家要表現得熱情些……」

幾個同學在下面嘀嘀咕咕：「聽說這個新同學來歷很不簡單呢！」

「怎麼說？」

「他是從『魔鬼式菁英培訓基地』——西河少年特警學校裡轉學過來的。」

「哪裡是這樣？聽說他是由一個大財團送他來的……」

就像鏡框裡忽然出現了一張全身照一樣，那個剛才在林蔭小道上帶給雪子深刻印象的男孩站到了教室門口。

他高高的個兒，烏藍的波浪型鬈髮，鋼一般灰亮的眼神，石雕般稜角分明的面龐，嚴肅深沉的神情，給人一種冷毅沉著的感覺。

「哇噻！真酷！」坐在雪子前邊的女同學梅麗不禁輕輕叫了一聲！

竹田孜老師將那男孩迎到了講臺上。他面對全班同學彎了彎腰，用一種沉穩有力的口吻說道：「我的名字叫遠野明樹，來自我們日本最小也是最美的西河島。今天能夠和大家同在一間教室學習、生活，我覺得很高興。」

竹田孜老師笑瞇瞇地說：「明樹同學是西河少年特警學校最優秀的高材生。他從西河轉到我們井田大學禾村附屬中學來學習，是為了進一步鞏固和完善自己的基礎學科綜合素質。在體育方面，明樹同學堪稱資質非凡的天才，相信大家在今天下午的足球場上就可以一睹他的風采了！」

全班同學一齊鼓起掌來！

在掌聲裡，明樹被安排到雪子身邊和她同桌。當明樹坐到課桌邊的一剎那，雪子和他對視了一眼。明樹的目光深沉而銳利，雪子被他看得心頭一跳！

放學了，同學們都收拾好了東西往外走，明樹和雪子卻還留在教室裡做作業。沒多久，其他同學幾乎全走光了。這時，雪子站起身來，獨自一人向教室門口處走去。

「妳為什麼不和他們一起走？」明樹的聲音並不太高，但是很有力度。

「你是問我嗎？」雪子有些詫異地回過頭來看著已經站在她身後正注視著她的明樹，「不為什麼，我喜歡獨來獨往。」

明樹臉上漾開了微微的笑意：「在這個習慣上，我和妳一樣。」

他倆走出了教室，剛到教學樓底下，便聽到一個同學叫著跑過來：「有人想跳樓自殺！」雪子急忙向教學樓頂上看去，一個人影站在樓頂欄桿上殭屍一般木然而立……

「啊！得想辦法趕快救他！看樣子他真的要自殺！」雪子顯得有些驚慌失措，無意中看到身邊的明樹也仰視著教學樓頂，然而他的神情十分沉靜，沉靜得近乎冷漠。

「喂，難道你真不關心別人的死活嗎？」雪子憤憤地盯了他一眼，同時拔腿向教學樓裡跑去！

隨著一句「我解脫啦！」的大呼，樓頂上的那個同學縱身跳了下來！

雪子驚叫著捂上了眼，不願看到他摔得血肉模糊的慘相！

「嘭」的一聲悶響，接著便是一片沉寂。

雪子慢慢移開了捂著眼的雙手，面前的情形令她無比驚訝：明樹正抱著那個同學坐倒在地上，那個同學似乎昏過去了，而明樹臉上卻掠過一絲痛楚：「雪子，請妳幫我把他移一下好嗎？剛才我伸手接他的時候，衝力太大，我的左腕骨折了！」

「好的……」雪子連忙過來扶起了那個同學。明樹站起身來，右手捧著自己的左腕，鎮靜地說：「送他去醫院！」

骨科大夫河江先生仔細看著明樹左腕骨折的雷射透檢視片，十分驚訝地對同事說：「這個年輕人能夠雙手接住從38公尺的高空跳下來的75公斤重的人體而僅僅受到一點點骨折之傷，這從圖片上看來並非不可思議。您看，他的肌肉細胞是多麼密集！他的腕骨又是何等粗大！這個年輕人的體格簡直是超人的體格。」

在那個自殺未遂的同學松井池平的病房裡，左臂綁著石膏的明樹、雪子和校長谷川秀夫先生正聽著躺在床上的松井池平的自敘：「你們問我為什麼自殺？我只是感到人生一片灰暗。現在升學壓力這麼大，我簡直受不了。前幾天，我讀了五島勉先生寫的《大預言——1999年人類大劫難》這本書，這讓我對人世間的一切美好的願望徹底破滅了！既然世界末日即將來臨，全人類都會毀滅，那麼我們現在苟且偷生又有什麼意義？於是，我想到了自殺。死亡對我而言，實際上已不是一種痛苦，而是一種解脫了！」

他的口吻顯得虛虛的、浮浮的，給人一種無根無源的脆弱感。他剛一說完，明樹深沉而冷峻的目光裡便流露出一絲鄙視。雪子在一旁把他的神情看得清清楚楚，她發現他對人性中的怯懦、軟弱有著一種本能的厭惡和唾棄。

「站在你——池平同學的角度，我雖然是成年人，也覺得你肩上的壓力是相當沉重的。可是消極厭世並不是出路，相反它正是絕路。遠野明樹不顧一切地拯救你，這麼多同學成群結伴來看望你，父母老師日守夜護著關心你……這人世間的溫情，難道也不能喚起你重塑自我、勇往直前的勇氣嗎？希望你能回到大家中間來，積極學習，努力上進，和同學們一道昂然跨入新世紀！」谷川秀夫和藹地勸說他，「至於五島勉的《大預言——1999年人類大劫難》上所講的鬼話，你根本用不著相信它。據他所說，東京大學的系川博士使用電腦預測到：今年8月8日太陽系其他八大行星將會排列在地球的前後左右四個方位上，從地球上看，太陽系八大行星成了『大十字』形狀。這種星際排列異象確屬罕見，但在我看來並沒什麼可怕的。這八大行星離我們都很遙遠，它們對地球產生的引力也十分微弱，談不上將地球『八馬分屍』！所以，我們一定能平平安安地度過1999年。你就放心地好好學習吧！」

松井池平抬起頭來，看著他們關切的眼神，終於用力地點了點頭。

走出病房後，明樹沉靜地對秀夫先生說：「秀夫先生，我覺得我們這跨世紀的一代青少年普遍流行著一種『弱志病』。他們缺乏遠大的理想、堅定的自信、頑強的意志，怎麼可能挑起振興日本的重任呢？在西河少年特警學校，我們每一個人接受的是煉獄式訓煉，那可是極其殘酷的。有一次我赤手空拳地獨自跨入黑森林進行自我生存競爭實習，飢渴、嚴寒、酷熱、猛獸、毒蟲、懸崖、洪水……種種危險、困厄，壓得你喘不過氣來！茹毛飲血、餐風露宿、踏荒闢路……什麼滋味我都嘗過，什麼挫折我都受過。七天七夜過去了，當我迎著朝陽穿越黑森林的那一刻，一種實實在在的成就感湧上我心頭，令我激動不已！從此，我樹立了一個觀念：生存本身就是不斷向自我發出閃電般的挑戰！然而像他們那樣，剛剛遭到一兩次挫折就垂頭喪氣，真是可憐又可悲！」

「嗯……你講得很對！」谷川秀夫沉思著點了點頭，「關於如何增強學生心理素質這一重要問題，我會在校務會上提出來討論研究的。我們到時候還會嚮明樹君徵詢先進經驗的，希望你不要推辭。」

明樹有力地說：「好的，校長先生，我一定大力支持。」握住了谷川秀夫伸過來的手。

目送著秀夫先生轉身遠去，明樹的面色十分平靜。芳川雪子留神地觀察他：他那鋼亮的眼神給了她一種堅毅有力的感覺。

「其實，五島勉先生所宣揚的『十字連星』導致世紀末人類大劫難這一預言才是最可惡的！」明樹彷彿是對自己，又彷彿是對雪子沉著而堅定地說，「我們一定能打破這個恐怖的預言！」

芳川雪子的日記：

7月3日 星期六

昨天，我們班來了一個很特別的轉學生，他是從西河島來的，名叫遠野明樹。他的確是很特別：刀鋒般亮利的眼神，精鋼般冷毅的氣質，令人乍一見覺得難以接近。

可是，他很快用事實向大家證明了他的內在素質是多麼的純潔、高尚、樸實：拯救了一個跳樓自殺的同學。當時我親眼目睹了現場的一切情形。我能感覺到，在明樹君外表看似冰峰般冷峻的氣質掩飾下，燃燒著一顆太陽般熾烈明亮的心！

7月8日 星期四

短短幾天裡，明樹的腕骨竟神奇般地癒合了。河江大夫不止一次稱讚明樹的身體素質優異非凡。他說：「這個年輕人簡直是安泰的化身，將來一定能成為一個真正的超人！」

今天早上，明樹出院前到被他救下的那個同學——松井池平的病房裡和他交談了二十分鐘。明樹將一本蘇聯著名作家奧斯特洛夫斯基寫的《鋼鐵是怎樣煉成的》送給了他。松井池平感動得流下了眼淚。

7月13日 星期二

令人難以捉摸的明樹。今天上午，課間休息時間，我看到他獨自望著無邊的藍天，灰茫茫的眼神不再是精芒四射，而是變得深深沉沉，一如無底的大海。他在思索著什麼呢？他在等待著什麼呢？……

和他同桌的這幾天裡，我深切地感覺到他渾身洋溢著一種激昂非凡的生命力。這生命力如同地火般在他體內奔騰不息，隨時準備著爆發出來！

明樹……他究竟是個什麼樣的人呢？……

昨天夜裡，我又夢見那個金髮青年了！他似乎才是完美無缺的：俊朗而瀟灑，優雅而高貴，眸光靈動，激情飛揚，像快樂王子那般令人喜歡。實際上，他本身就是上帝用人體塑成的一個美得超凡脫俗的「快樂王子」！——相比之下，明樹就顯得男子漢味道太濃了！

可惜，我只能在夢中見到這個「快樂王子」。

「全校同學注意了：下午8點，英國傑出青年男歌星柯西·達昂先生將在本市『世紀廣場』免費義演，希望同學們準時前往欣賞。」教室裡的廣播器傳出了學校行政辦公室主任響亮的聲音。

剎那間，教室裡一片雀躍。

雪子還是第一次聽到「柯西·達昂」的大名，她想一睹這位男歌星的風采。這時，明樹平靜的聲音傳了過來：「請問，今天是七月十幾日？」

「7月19日。」雪子答道，「你問這幹嘛？」

明樹正視著雪子，一字一句地說：「記住吧：你和我人生中最不平凡的一段經歷就是從今天開始的。」

雪子一臉的茫然。

「哇！」教室門外傳來一聲驚呼，梅麗衝了進來：「看哪！我們教室的門板上寫著血字！」同學們頓時靜了下來，清清楚楚看到教室門上寫著幾行歪歪扭扭奇奇怪怪的血淋淋的大字！

同學們有的尖叫起來，有的翻窗而逃，有的噁心嘔吐，也有的哈哈大笑：「怕什麼？這不過是外班同學搞的一個惡作劇！」

雪子有些噁心，轉過頭去不看那些血字。只有明樹平平靜靜地注視著那些血字，似乎在細心辨認它們。

「世紀廣場」中央那座巍峨輝煌的鐘樓，在天空下如同上帝的眼睛一般俯視著整個城市。在聽眾喧天震地的歡呼鼓掌中，一輛深紫色的「天馬」型轎車鯨魚一般遊進了人海，它沿著廣場慢慢行駛著，最後在鐘樓下的弧形舞臺上停了下來。

在雪子莫名激動的目光裡，車門輕輕開了，一位身穿紫藍色西服、胸佩雪白飾巾、垂著披肩金髮的高大青年走了出來！雪子幾乎暈過去了……是他！是他！夢中那個神祕的金髮青年！他一如夢中那般俊雅、華貴、恢宏。

「柯西·達昂！永遠的柯西·達昂！」人們吹呼著，如同迎接一位來自上帝身邊的天使。

柯西·達昂以一種豪門貴族般高雅莊重的姿態傲視全場。幾分鐘後，在他揮手之間，人們的歡呼聲靜了下來！

「親愛的先生們、女士們、朋友們⋯我站在這歡樂之巔，不禁想起了日本大和民族的光輝征程！你們是在一片廢墟上重建了一座寶島！這是多麼了不起的成就啊！朋友們，作為一名普通的藝人，我，渺小的柯西·達昂願用一曲《聖戰之歌》獻給大和民族⋯⋯祝願偉大的日本將它的雄風橫掃整個地球！」

達昂極度狂熱的煽情演說使日本人的民族優越感得到了極大滿足，鮮花和掌聲鋪天蓋地向他迎面而來！

雪子純潔的心靈容不下一絲偏執狂亂的雜意。當達昂說出這樣的話時，她隱隱覺得他忽然距離自己心靈中被夢幻化理想化的那個「他」有些遙遠。她轉過頭去，看到了全場唯一的冷靜聽眾——明樹，他站在自己身後，明銳的目光緊盯著柯西·達昂。

「六十多年前，希特勒也是這樣煽起了日耳曼民族的擴張欲⋯⋯真正的恐怖，不在於製造山崩海嘯、地動天搖，而在於誘導人性的墮落！」明樹的目光收回來，若有所思地向她搖了搖頭，「他很美也很優秀，是嗎？可是，美並非代表善，而邪惡的美更能夠摧毀善。」

雪子聽了他這番似乎空泛的純理性看法，覺得很有意義。「鬧什麼？我們在聽他唱歌呢！」抗議的聲浪迫使遠野明樹閉上了口。舞臺上的柯西·達昂唱著高昂激越的《聖戰之歌》，掀起了一輪又一輪狂歡之潮。他揮灑自如熱烈奔放風彩奪人，雪子情不自禁被他吸引住了。

明樹向她伸出了手：「我們走吧！離開這裡、離開柯西·達昂，這是我們現在最好的選擇！」

雪子痴痴迷迷地注視著達昂：「不……不……他太美了！……我喜歡他……」

明樹沉沉地嘆了口氣，垂下了手。柯西·達昂渾身如太陽般輻射著一種不可思議的美侖美奐的誘惑力，這是任何一個女孩也無法抗拒的，雪子自然不會例外。

演唱結束了，柯西·達昂退進了「天馬」型轎車。人們歡呼如潮，擁著「天馬」型轎車散去。

不知過了多久，世紀廣場空了下來。雪子呆立著，覺得自己的心彷彿被柯西·達昂帶走了，只剩下一具軀殼。明樹依然站在她身邊陪伴著她，等待她恢復正常心態。

忽然，一輛淡黃色的「計程車」無聲地駛近，在他面前停了下來。車門一開，雪子的眼神為之一亮：俊美絕倫高貴脫俗的柯西·達昂宛然披著一層燦爛的金光笑吟吟站在她面前。雪子心頭一震：夢中的一切像魔法般變成了現實——這難道是天意嗎？

達昂的聲音很好聽，宛如天上的星星正輕輕搖響：「這位女孩，我常在夢中見到妳。我找了妳已經太久太久了。」

一瞬間，雪子彷彿掉進了一個神異的夢境：飄升的雲絮、迷幻的星光、燃燒的玫瑰和燦爛的金光中向她伸出手來的柯西·達昂。

突然，一隻強而有力的手臂將她從夢境中一下拉起——她被明樹飛一般拉著跑開了！

達昂不動聲色地看著他倆跑遠，靜靜地站在廣場上。

明樹將雪子拉進了一條小巷。雪子這時才回過神來，「啪」的一聲，明樹潔白的右頰上著著實實捱了她一記響亮的耳光。「可惡！」她憤怒了。

「妳現在很危險！」明樹嚴肅地直視著她，臉頰上慢慢現出了五條紅紅的指印！

「瞎說！」雪子轉過身要往回走。

「妳知道今天下午教室大門上寫著的血字是什麼意思嗎？」

「那是別班同學搞的惡作劇！」

「不！那血字是對妳我的警示！它是法國預言家諾查丹瑪斯的《諸世紀》中第10卷裡的一首詩，內容是這樣的：

1999年，7月上旬，

恐怖之神從天而降，

為了使哈德迪大王復活。

屆時前後瑪爾斯將橫掃四方，

口口聲聲為人民謀求幸福生活！

這就是可怕的血字之詩！它是已經降世的恐怖之神希漠寫給我們看的！」

「你也相信這種鬼話？」

「不，這一切都是真的。今天下午當我第一眼看到這首血字之詩時，我終於明白我肩上的使命是實實在在的，而不是一種虛妄。」明樹的口吻堅定而執著，他的目光凝亮而燃熱。不知為什麼，面對他這一派英雄氣概，雪子從內心深處感受到了一種真切而深沉的親和力。

正在這時，「咔嚓」一聲，一道鋼藍色的閃電撕裂長空，照亮了世紀廣場那座輝煌聳立的鐘樓頂端：一個金髮飄飄的人影雄視著全城！電閃過後，他便消失了！

「是他！」明樹大喊一聲。

「誰？」雪子沒看清楚。

「柯西·達昂！」明樹鎮靜地說，「他果然就是恐怖之神希漠！」

「不可能！你胡說！達昂怎麼會是恐怖之神？」雪子氣得扭頭就走。

突然，她只覺頸後微微一麻便失去了知覺。明樹右手的中指點在了她的「昏睡穴」上。

明樹抱起了雪子。只聽「呼呼」三分鐘熱風響，人影一閃，兩個高大青年躍到了他面前。一個青年容貌很俊秀，一頭棕色的頭髮，一雙清清藍藍的眼睛令人想起了陽光下純淨的瑞士湖。另一個青年看起來很威猛，一副筆挺的站姿，一襲緊身的黑衫，裸露的臂膀肌肉飽滿筋脈粗實。

「劍河、丹虎?見到你們真高興!」明樹喜出望外。

藍眼睛的劍河看著他抱著的昏睡過去的雪子,平靜地說:「她就是傳說中『仙女星座』聖潔娜的化身?」

「不錯。」明樹點了點頭。

「你應該知道,恐怖之神希漠已經潛入了人世。如果讓他找到了這個女孩並與之結合,8月18日的『十字連星』就會成為一場真正毀滅人類的大劫難了!」劍河平平靜靜地說,「所以,哈特曼神聖大主教傳來密令,讓我們及時從肉體上消滅這個女孩,使希漠永遠也找不到人世間最完美的結合體。8月18日一過,他就不得不重返地獄。」

「不……不能這樣!太殘酷了!她只不過是一個天真無知的女孩,殺了她,是我們最大的罪過!」明樹堅定地說,「我們一定要有信心保護她平安度過8月18日。這樣的話,一來我們用不著在自己純潔的雙手沾上無辜的鮮血,二來希漠也無法透過她使哈德迪復活。這豈不是最佳選擇?只要我們盡力,我們就一定能辦到!」

「明樹!難道你對這個女孩動情了嗎?這不像從前那個剛明果斷冷毅無情的你

呀！」像拳擊手一般健壯的丹虎插話進來，「試問：面對掌握著超自然魔力的希漠，我們能保護得了她嗎？這件事關係到全人類的命運，我們不能感情用事！」

「不！我這不是感情用事！我們都是志願為拯救大地而奮鬥終身的新人類基因優化戰士。我們的身上，凝聚了人類德、智、體三種天賦的精粹。我們擁有超人類般的偉力，而我們的全部努力就是為了使別人活得更好！然而，面對恐怖之神，身為人類先鋒戰士的我們，竟然怯懦了；怯懦的我們，反而殘酷地對待這個女孩！上帝透過良知告訴我們：怯懦是最深重的罪戾。作為『仁、智、勇』三合一的新人類基因優化戰士，你們願意在自己這一生烙上『怯懦』這一罪名嗎？」明樹義正詞嚴堅決有力地說，「只要她還有一線生的希望，我們就應當保護她！她本身就是被惡魔選中的不幸者，我們又怎能用同樣殘忍的手段像惡魔一般傷害她？無論你倆怎麼想，直到最後一刻，我絕不放棄對她的保護！」

劍河和丹虎沉默片刻，對視一眼，點了點頭：「好吧！讓我們一起來和希漠搏一搏吧！」

星星在流轉，玫瑰在搖曳，金髮青年誘人的眼神使她迷迷離離……他伏在她身上，粗重地喘息著，激烈地吻著她的面龐、她的胴體……她軟綿綿的無力掙扎，任由他將自己擁入那寬厚、滾燙的胸膛……「妳是這世上最幸運的女孩……」在他優美動聽的喃喃細語和漫布開來的熊熊欲焰裡，她感覺自己正漸漸與這神祕青年融為一體……

「啊！」一聲驚呼，雪子從睡夢中猛醒過來，面頰潮紅，全身大汗淋漓。

「你怎麼了？」一個略帶疲倦而又不失清朗的聲音在她耳邊輕輕響起。雪子看過去，是一張陌生的英俊的男孩的臉，藍瑩瑩的雙眸閃著純潔無邪的光。

「你是誰？」雪子有些驚疑地問。

「我是遠野明樹的朋友西濱劍河。」藍眼睛的少年微笑著說，「我幫明樹照看妳一天一夜了。妳可能不知道，妳已經昏迷兩天兩夜了。妳做噩夢了嗎？我剛才聽妳呻吟得很厲害。」

雪子疲憊不堪地躺倒在床上：「明村呢？」

「明樹去休息了，要不要我喊醒他？」

「誰說我休息去了？」門開了，明樹端著牛奶蛋糕走了進來，「雪子，我猜妳一定餓壞了，所以我給妳準備了點心吃。」

「謝謝！」雪子接過食物大吃大喝起來。明樹和劍河看著她狼吞虎嚥斯文全無的樣子，不禁面面相覷。

進完餐，雪子這才恢復了幾分精神。她已經從剛才狂熱的夢境下徹底清醒過來，驚異地問：「我為什麼會在這裡？」

「那天夜裡聽完演唱會，妳突然暈倒了！我不知道妳家在哪裡，只好把妳帶回我家了。」明樹慢慢地說，「昨天，禾村中學大樓神祕地崩坍了，死了9個同學，還有許多同學受了傷。這幾天我們放假，不用去上課了！」

「怎麼會發生這種事？」雪子有些吃驚。

「還記得那天夜裡我跟妳說的那首血字之詩嗎？」明樹一臉的凝重，「請原諒我冒昧地問妳一個問題：這兩天妳做的夢是否與金髮歌星柯西．達昂有關？」

雪子滿面通紅地點了點頭。

「果然如此。現在是該告訴妳某些事情的時候了！」明樹沉著地說，「先解釋一下那首血字之詩的含義：根據諾查丹瑪斯的預言，在今年，也就是1999年，恐怖之神希漠將從地獄潛入人間。希漠必須在今年8月18日以前找到這個世界上最清純的屬於『仙女星座』的女孩作為自己在人間的結合體。他占有『仙女星座』女孩的身體，並透過她產生出一個可怕的魔嬰——冥王哈德迪，最終達到毀滅人類統治地球的目的。」

「真是這樣嗎？」雪子半信半疑。

「妳就是這個世界上最清純的屬於『仙女星座』的女孩。所以希漠選中了妳，他以柯西·達昂那樣俊美的形象透過夢來結識妳、吸引妳、占有妳。」明樹緩緩地說，「我說得對不對？」

「你怎麼知道這一切？你們究竟是什麼人？」

「我們是志願為拯救大地而奮鬥終身的新人類基因優化戰士。是偉大的科學家、預言大師哈特曼神聖大主教創造了我們。大主教為了挽救這場世紀末的人類大劫難，他在二十年前就已經著手行動了！」劍河很平靜地說。

「可惜！他的行動還是徹底失敗了！」一個神祕的聲音彷彿從非常遙遠的地方傳來，「沒有誰能阻止我毀滅地球！」

「呯」的一聲，綠晶玻璃窗碎了，摔進來一具屍體！

雪子尖叫著閉上了眼睛。明樹和劍河一下站起來，正視著地板上的這具屍體，他正是在窗外巡邏守護的丹虎！在他光潔的脊背上赫然呈現兩道深深長長的血痕，交叉如十字形！——簡直令人難以置信，如此威猛的丹虎，竟會被人無聲無息地奪取性命於一瞬！

劍河與明樹的熱淚頓時奪眶而出。向著這位死去的戰友，他倆垂下了頭。

彷彿從地底下冒出來一般，俊逸不凡的柯西．達昂風度翩翩地站到了明樹、劍河面前：深邃迷濛的眼神，白璧無瑕的面容，超凡脫俗的氣質，清貴高華的魅力，在極其考究的金絲領帶、雪白整潔的銀紋襯領和珠玉生輝的華麗胸飾襯映之下，任何人也會對他一見傾心頓生好感——然而，他卻是無惡不作的恐怖之神希漠！

劍河緩緩舉起了右掌，五指併攏，豎立如刀。希漠靜靜地看著劍河的手掌，他看到劍河的掌膚上隱隱閃現出一種鋒利的金屬般的光芒！這個少年的手掌是一種可怕的殺人武器！

「颯」的一聲銳嘯，劍河一掌劈出！

希漠不躲不閃，只是向劍河微微一笑。

「噗」的一聲輕響，劍河心神一蕩，那隻利刃般銳利的手掌竟深深劈在了明樹腰肋上！

「明樹！」雪子驚叫一聲。

明樹痛得微微彎下了腰．．劍河也無比駭異地看著明樹。口裡囁囁的說：「怎會這樣？我的手……怎麼會不受我……我支配？」血，慢慢從明樹體內流出，浸溼了襯衫，浸紅了劍河的手掌！

希漠冷冷地笑了！他的笑，令人從心底感到一種可怖。

驀然，劍河大叫一聲，一伸手從明樹腰肋間拔出右掌，一躍而起，雙掌凌空交叉一剪，「唰」的一聲，一弧剛銳無匹的勁氣向希漠攔腰斬到！

「嘶啦」一聲，只見希漠依然傲立如山，紋絲不動，毫髮未損——但是他腰間的衣衫卻被劍河掌上的劍氣劃破了一條長長的裂口！

「你竟敢觸犯神！到地獄去懺悔吧！」希漠看了看衣衫上的裂口，勃然大怒，雙目一睜——剎那間他的全身變成了一種光芒萬丈的星體！

隨著一聲慘叫，劍河的整個肢體猝然間被希漠身上射出的死亡之光穿透了無數的血洞，切成了無數的碎片……

「劍河！」明樹看著劍河當場粉身碎骨，不禁悲憤交加，淚如泉湧，一咬牙縱身向希漠迎面撲去！——他剛一縱起，便如受到強力電擊般全身震痛，「嘭」的一聲，四肢麻木僕倒在地！

「我要殺了你！」明樹趴倒在地上咬牙切齒地對希漠說，他的雙拳捏得「格格」直響！

「愚蠢的人哪！不要做無謂的犧牲了！」希漠傲視著明樹，「神的生命豈是你輩所能奪取的？神的力量又豈是你輩所能抗衡的？還是安安靜靜享受最後幾天的日照吧！」

「你的話什麼意思？」明樹有些驚愕。

「過不了多久，這個地球就要落在我手中了……無火地震、山洪海嘯、瘟疫戰禍……無窮無盡的劫難在等著你們哪！」

「胡說！」明樹咬著牙挺起腰站了起來！

「我要運用無與匹敵的神力，將太陽系九大行星排列成以地球為中點的『恐怖大十字』，從而激發地球上的大地震、大瘟疫、大饑荒、大戰爭……讓千百萬前恐龍滅絕時代的悲劇在這塊大地上重演！」希漠無比高傲無比威嚴地開口說道。

突然，只聽明樹全身骨節「噼噼啪啪」一陣爆竹般的脆響，他的身高一瞬間暴長了半公尺！「嘶啦」一聲，雪白的襯衫被他伸手一揮而去，身上的肌肉如同小丘般一塊塊隆起，顯得驚人地發達，伸展之間全身肢體竟有一種逼人的剛健峻壯之美浮雕般突顯出來！

希漠的表情深沉如大海、凝靜如天空，只是默默地觀察著明樹身上一系列劇變！他知道，這便是新人類基因優化戰士非同凡響的特質展現；他也看出來，在明樹的身上，基因改良的真正優越性並不完全表現在發達的肌肉、粗實的骨骼、膨脹的體力上，而在於：他整個肢體肌肉纖維之堅韌、肌肉細胞之密實以及將他全身變成一個出色的戰鬥機構的精密的神經系統。

隨著明樹身上衣褲被迅速發達的肌肉一片片脹裂、震碎、散落，他如同希臘神話中常見的赤身猛士般雄立於希漠面前，徹底完成了自身基因的神速進化，實現了自我身體素質全面發達的圓滿狀態。

「如果我沒有判斷失誤的話，你應該是出生以前便經過了最佳水準的 DNA 基因重組，而且在後天方面進行了超極限的體能強化訓練的菁英個體。你的實力似乎比那兩個小子雄厚得多。也許你才是哈特曼手中握著的向我挑戰的那張『王牌』！」希漠陰冷地說，「可是，無論你多麼強健多麼雄壯多麼有力，你終究是人、你終究是血肉之軀……你永遠也不可能戰勝我，因為我是主宰自然規律支配自然力量的神！就連『十字連星』這樣的天體執行秩序都是按照我的神聖意志而實施的，你們人類又能幹什麼了？又能改變什麼？」

「希漠！我要阻止你這可怕的意志！」明樹雙手握拳緩慢舉起，手臂上的肌肉頓時迅速拱起一大團，一條條凸出的青筋小蛇一般盤旋在上面，一種渾然無邊的陽剛之勁蓄足待發。希漠冷冷地看著他，一絲陰笑浮上了他的嘴角。

只見人影一閃，明樹迅雷般向希漠擊出了凝聚全身力量的一拳！

「砰」的一聲，明樹的鐵拳竟然直挺挺地擊穿了希漠的胸膛！血，慢慢沁了出來，浸得明樹的手臂涼涼的。

明樹愕然地看著希漠，不相信他居然如此不堪一擊！

希漠漠視著他，彷彿毫無知覺。就在明樹驚愕的一剎那，希漠渾身上下爆射出一束束劍形的藍火，「嗤嗤」連聲，齊齊射進明樹鋼板一樣結實的軀體裡！

一瞬間，明樹只覺萬劍穿身！

血淋淋的明樹仰面倒下！

「明樹！明樹！」雪子撲過來痛苦失聲，「希漠，你這個惡魔！為什麼要殺害他們？……」

希漠看著雪子，冷冷地說：「為一個凡夫俗子，仙女星座值得這麼悲傷嗎？來吧！和我一道返回極樂神殿吧！」說著，邁開了腳步。

陡然，血人一般的明樹右肘一撐地，奇峰般直立而起，擋住了希漠的去路！

「你居然還沒死？」希漠微微一驚，「看來你的意志力真是不簡單吶！」隨著他的話聲，希漠全身綻放出一輪七彩光暈，將明樹的軀體捲了進去團團亂轉！忽然，光暈消失了，明樹重重地摔落在地，全身肌肉被絞得稀爛！

希漠向雪子邁開了腳步。

不料，血肉模糊的明樹「呼哧呼哧」地喘著粗氣搖搖晃晃又站了起來，伸開雙手，攔著希漠，一副堅守到死的氣概！希漠咦了一聲，緩緩說道：「想不到你保護仙女星座的意識是如此強烈！既然如此，我就以神的偉力徹底消滅你！讓毀滅一切的地獄之火將你的軀體和靈魂化為灰燼！」說著，希漠的雙眸中隱隱燃起了一種黑色的神光焰！

「不要！」淚光滿面的雪子撲在明樹身上用自己的軀體護住了他！

希漠沒有發動更加淩厲的攻勢，只是陰冷地逼視著雪子：「要麼跟我走，要麼讓他死！」

雪子忽然在明樹血滴滴的面龐上輕輕吻了一下，悽然凝視了他一會兒，彷彿要把他的相貌印在記憶深處，同時旁若無人地縱情說道：「明樹，你聽得到嗎？如果不是我倆來承擔這拯救大地保護人類的使命……我們應當是多麼幸福啊！記住吧！我的心永遠屬於你！」說完，她轉過身來站到希漠面前平靜地說：「你這麼做，不就是為了得到我嗎？我跟你走。」

希漠面無表情地點了點頭。雪子只覺一陣暈眩便什麼 也不知道了。希漠將她抱了起來，看了一眼半昏半死的明樹，冷冷地說：「小子，我還不會讓你這麼輕易地死去。我要讓你親眼目睹我如何製造世紀末人類大劫難！我要讓你像釘在十字架上的耶穌那樣求生不得求死不能！」

也不知過了多久，明樹從沉沉的昏迷中慢慢甦醒過來。他感到自己的身體徘徊悠的，又覺得全身每一處都刀割火燎般椎心的疼痛。睜開雙目，眼前頓時一陣暈眩。他這才發現無數條鋼索鐵銬從頭上遙遠的天空深處由各個方向像魔爪一樣伸過來，又如毒蛇惡鷹般深入肌骨地「咬」著自己全身四肢各個關節，將他的軀體呈「大」字形懸空高吊。

他定了定神，在恍惚中俯瞰開去：一座座燈火輝煌的城市、一條條車水馬龍的公路……這一切都遙遠而清晰地呈現在他眼前。

他慢慢看清，離自己最近的是他身下山峰頂上一塊非常空闊的圓場。圓場周圍燃看十三柱龐大的火炬，炬火熊熊烈烈永不熄滅。圓場中央則是一座雄偉壯觀的祭壇。明樹從頂下看下來，祭壇黑洞洞的，似乎深不見底。祭壇的前方，是一方白亮的象牙床。祭壇的兩側則是兩尊展翅欲飛的巨型妖龍青銅雕像。明樹感覺到這個圓場裡充滿了一種神祕而可怖的氣氛，一切都如死一般沉寂。

突然，一種莫名的壓抑感湧滿明樹心頭，彷彿有人正一步一步踩在他胸膛上。一定是他來了！明樹憤怒地向圓場上看去。果然，英俊非凡的希漠惠帶著一種王者般威嚴，不知從何處現身，緩緩走向圓場中央。

走到明樹的身下時，他抬起頭來傲慢地看著明樹。明樹的眼裡向他射出無比強烈的怒火。希漠帶著一種冷酷的微笑對他說：「小子，我讓你成為地球上位置最高看得最遠的人，成為這場世紀末大劫難的見證者，你不感謝我嗎？」

「呸！」明樹向希漠醜惡的嘴臉用力吐去一口血痰！

「咔嚓」一聲，一道雪亮的閃電從天空中直劈下來，狠狠抽在他脊背上，明樹大叫一聲，痛徹心肺，幾乎暈死過去！

希漠不再理他，走近那方雪白的象牙床，用手輕輕撫摸著，嘴裡喃喃地唸著。明樹突然看清雪白象牙床上似乎有什麼東西在蠕動。他看到希漠俯下身去抱起了白瑩瑩的……啊！是雪子！竟然是全身一絲不掛的雪子！——他一下將嘴唇咬出了血，同時緊緊閉上了眼！熱淚，從他血跡斑斑的面龐上無聲地滑落！

希漠得意地欣賞著睡蓮般純美的芳川雪子，他低下頭去貪婪地吻著她的全身。就在這時，他頭頂上響起了「叮叮噹噹」鋼索鐵銬交鳴之聲。他往上看去，只見明樹憤怒地掙扎著向他大罵：「你這魔鬼，別動她！我要殺了你！」然而明樹越是使勁崩拉越是用力掙扎，那一條彷彿帶有魔性般的鋼索鐵銬就將他全身肢體絞得越緊箍得越牢！

面對明樹的怒罵，希漠淡淡一笑：「小子，你憑什麼？」他放下昏睡不醒的雪子，嚮明樹一招手。明樹只覺全身一蕩，所有的鋼索鐵銬陡然伸長，將他甩落到離地三米高的空中緊緊吊住。

希漠走近明樹身前，仔細端詳著他的相貌、他的軀體。他黑深深的瞳眸裡閃著妖異的光，彷彿自言自語地說：「剛才我透視到了仙女星座的內心深處，我發覺自己已經在她心目中喪失了一切美好的印象。她對我產生了一種無法交流的排斥感。這很不利於我透過與她肉體的結合將哈德迪高貴的靈魂安全地寄宿在她清純無瑕的身體裡！最讓我氣惱的是，她心目中竟然只裝著你這個血淋淋的小子！我這麼英俊、這麼華貴、這麼神聖，竟然比不過你？」

他盯著明樹沉吟片刻：「可是明天就是8月18日了，這是我留在地球上的最後期限。看來，為了徹底征服仙女星座、徹底占有仙女星座、徹底實現冥王哈德迪的復活，我只有暫時借用一下你的肉體了！」

明樹還未聽清他說什麼，忽地覺得全身一鬆，那蜘蛛網一般的鋼索鐵銬一瞬間全消失了！他一下摔了下來！

「呼」的一聲，明樹在空中瀟灑優美地一個後空翻，穩穩落在了希漠身前五公尺開外的地方。不愧是人類基因優化戰士！這神速般的肌體正常執行自我完善功能使希漠微微有些驚訝：明樹依然是英氣勃勃活力四溢，哪裡像一個剛才還無法動彈的重傷之士？

「看來出來，你果然擁有這人世間最健美的體魄！勁力、耐力、韌度、速度、靈敏度，你都是超乎常人的！如果我的靈魂依附在你的軀體上，再和仙女星座進行靈與肉的完美結合，一定能產生出世上最漂亮最健壯的魔嬰哈德迪！」希漠滿意地說道。

「你休想！納命來！」明樹奮起右拳直擊而出，「轟」的一聲，一股流星激撞般猛烈的爆發力衝擊波向希漠撲面壓來！

「轟隆隆」一陣巨響，希漠身後的兩尊巨型妖龍青銅雕像頓時崩裂了，圓場周圍十三柱火炬也被震得七倒六歪。然而，希漠和那座祭壇卻巋然屹立，一絲未動，一毫未損。

「看來這是你最後的必殺絕招。可惜，你消耗了如此巨大的人體潛能，依然傷不了我！」希漠金亮如瀑的長髮凌空飛揚開來，全身上下的衣飾寸裂而碎四散飛去，他那美得令人可怕的白玉之軀裸露在明樹面前，「絕望吧！遠野明樹！接受我神聖的支配吧！」

「我寧可死，也不會讓你支配我的軀體！」明樹呼呼地喘著粗氣，猛地伸出左拳對準了自己的胸膛……

比他動作更快的是，「嚓」的一聲，一道黑色閃電擊中了他的左腕！明樹頓時全身僵住了，動彈不得！

他痛苦地看著希漠一步步走近，自身卻毫無反抗之力！

「敞開你的心扉！讓我走進來吧！」希漠用一種音樂般迷人的口吻說道，「我是你永恆的主人……」

令人無比驚訝的是，隨著明樹身上碎衣爛縷自行脫落淨盡，他赤裸裸的銅皮鐵骨般結實的身軀從肌體到骨骼都發生了一系列奇異的變化：他全身如同變成了一種液體般稀釋的物質！在一種莫名其妙的虛無感中，他痛苦而無奈地看著希漠光彩照人地走進自己的軀體內，像穿上一件從頭到腳都極其合體的「衣服」一樣和自己血肉相連地合而為一！

漸漸的，明樹的軀體恢復了知覺。他鋼灰色的眼神卻變得黑森森陰沉沉的。這種令人可怖的眼神，只有恐怖之神希漠才會擁有！

希漠的靈魂終於支配了明樹的軀體！

明樹的軀體走向了橫躺在象牙床上沉沉昏睡的雪子。明樹的雙手搖了搖她。雪子慢慢睜開了眼，驚喜地看到全身血痕斑駁的明樹正熱切地擁抱著自己！

「明樹……你沒事吧？」雪子關切地問，「那個惡魔呢？……」

「沒事！」明樹靜靜地撫摸著她烏亮的長髮，他那厚實、飽滿的胸脯貼著雪子光潔的面頰，一種雄烈的男子漢氣息使她的心突突地亂跳，「雪子，希漠已經被我趕走了！……我想，我們兩人可以靜下來好好聚一聚了！」

「我們……我們為什麼會這樣？」雪子這才發現他倆赤身裸體的面對面從來沒有這麼接近時，不禁緋紅了臉。

「別問為什麼……」明樹粗壯的雙臂一下將她輕輕放倒在象牙床上，他彷彿喝醉了酒似的漫紅著臉喘著粗氣伏下身來……在他暴雨般的熱吻、和風般的撫摸裡，她體內也不可抑制地燎起了一片欲焰，她狂熱地用親吻和擁抱回報在他汗津津、熱辣辣、獵豹般精猛結實的軀體上……在兩個人急促的呼吸聲裡，她感覺到他正在自己身上巧妙地調整著一個適當高度，準備著將體內激流沸滾的生命之潮盡情宣洩在她那溫泉般洋溢著醉人活力的清純之軀裡……她有些陶醉地微微閉上了眼，充滿幸福而有些緊張地等待著兩個人剎那間從肉體到靈魂的永恆結合……

驀然間，雪子滾燙的面頰上有一點點清涼的感覺。她睜開了雙眼，只見剛才還顯得十分野性的明樹凝定了一切動作，正痴痴地看著她，一滴滴清瑩的淚奪眶而出，滴落在她臉上。

明樹竟然在流淚，他那深灰色的瞳眸宛如暗沉的夜空，只有幾點星星般純潔的光透出一絲清爽。雪子深深感到：洶湧澎湃、野性勃勃的激情正從明樹身上慢慢「退潮」，一種理性的聖潔的光輝從他恢復了冷毅氣質的面龐上煥發出來……然而他的身體卻劇烈地抽搐著、痛苦地顫抖著……

「你怎麼了？」雪子急切地問。

話音未落，明樹從她身上跳了開去，他的雙手猛然一下扼住了自己的咽喉！

雪子駭異地看著這一切，她坐起身來要掰開明樹扼在自己咽喉上的雙手！

「別……別過來！雪……雪子，我……我不再是明樹了……希漠……的靈魂附在我身上……」明樹艱難地說，「快……快殺了我！我的自我意識恐怕抵擋不住……他醜惡靈魂的吞噬了……」

雪子頓時明白過來，明樹正在內心深處用自己剛毅不屈的自我意識對抗著侵入了他體內企圖支配他整個身心的希漠之魂！

這是千載難逢的機會！只有這時，魔力無邊的希漠才是最虛弱最不堪一擊的！

雪子在象牙床邊找到了一柄藍光閃爍的雙頭蛇劍，它是希漠的護身法器。

「快！……不要管我……只要刺死了我的軀體，希漠就會重返地獄永不復生了！」明樹的臉色忽青忽紅，扼在咽喉的雙手顫抖著，勁道似乎有所減弱，「快！快！我的自我意識頂不住了！」

雪子握著雙頭蛇劍，淚流滿面，怎麼也不忍心刺嚮明樹。

就在明樹的臉上霍然變得血紅的一剎那，他猛地一聲大吼，挺胸迎著雪子手中雙頭蛇劍的劍尖用盡全力地撞了上來！

「嚓」的一聲輕響，銳利無比的雙頭蛇劍從明樹的前胸穿心而過，亮藍的劍尖透出了他的脊背！

雪子頓時呆住了！明樹一頭跌到了她的懷裡！

「轟」的一聲大爆響，明樹的體內平空冒起一團熊熊燃燒的紫焰，衝上半空，幻成了一個神祕的頭像，懸在半空中一動不動，發出雷鳴般震耳欲聾的聲音：「啊！不可思議，多麼可怕的人類呀！難道這就是傳說中的『愛的力量』嗎？對全人類的愛，竟使一個凡人扭轉了殘酷的自然規律，打敗了我這個無敵的神！……我真恨哪！」

「呼啦啦」一陣巨響，那團紫焰——恐怖之神希漠的亡魂終於墜進高高的祭壇裡去了……

明樹天使般微笑著，他握住了雪子的手：「我們……終於勝利了……」

雪子淚光瑩瑩地哽咽著用力點了點頭。

「謝謝……你在我最危難的時候……吻了我……」明樹用一種無比溫暖的目光看著雪子，「我覺得真幸福……」說完，他安詳地閉上了眼睛，臉上帶著純潔的微笑……

8月18日，太陽照樣升起，地球照樣轉動，人們和往常一樣迎著朝陽甩著長長的背影奔向前方。

芳川雪子揹著書包，隨著忙忙碌碌的人流走進學校，並沒有感覺身邊其實少了一位同學的身影。

陽光普照大地，其實他見證了這個地球上曾經發生過的一切事情。只不過，當事人的記憶卻被各種有形的或無形的力量抹去了關鍵的部分。

預言背後，可能是一系列真實而莫名的故事；夢境背後，可能是一系列現實而堅硬的對映。只是，我們無法直視。

電子書購買　　爽讀 APP

國家圖書館出版品預行編目資料

武林心術：用劍和血交織而成的江湖，李浩白新懸念武俠小說集 / 李浩白 著 . -- 第一版 . -- 臺北市：崧燁文化事業有限公司 , 2024.05

面；　公分

POD 版

ISBN 978-626-394-251-6(平裝)

857.63　　113005213

武林心術：用劍和血交織而成的江湖，李浩白新懸念武俠小說集

臉書

作　　者：李浩白

發 行 人：黃振庭

出 版 者：崧燁文化事業有限公司

發 行 者：崧燁文化事業有限公司

E-mail：sonbookservice@gmail.com

粉 絲 頁：https://www.facebook.com/sonbookss/

網　　址：https://sonbook.net/

地　　址：台北市中正區重慶南路一段六十一號八樓 815 室

Rm. 815, 8F., No.61, Sec. 1, Chongqing S. Rd., Zhongzheng Dist., Taipei City 100, Taiwan

電　　話：(02) 2370-3310　　傳　　真：(02) 2388-1990

印　　刷：京峯數位服務有限公司

律師顧問：廣華律師事務所 張珮琦律師

定　　價：375 元

發行日期：2024 年 05 月第一版

◎本書以 POD 印製

Design Assets from Freepik.com